KB007860

일하는 마음과
앓는 마음

일하는 마음과
앓는 마음

임진아

천현우

하완

김준

김예지

뿌리수

일이 가져오는
시시각각의
마음들에 대하여

이봄

마음이 뭐가 그렇게 중요할까 생각하다가도
결국은 마음이 모든 걸 다할 때가 있다

차례

08:00

불안을 데리고 가기로 했다

임진아

임진아

읽고 그리는 삽화가. 생활하며 쓰는 에세이스트. 종이 위에 표현하는 일을 좋아하며, '임진아 페이퍼'라는 이름으로 지류를 선보인다. 주말에는 일을 하지 않고, 주4일 출근을 하려고 한다. 지은 책으로는 에세이 《빵 고르듯 살고 싶다》《아직, 도쿄》, 만화 에세이 《오늘의 단어》 등이 있다.

@imjina_paper
imyang.net

10년도 더 전인 20대 초반에 친구와 불안에 대해 이야기를 나눈 적이 있다. 친구는 학교 과제로 20대의 불안에 대해 인터뷰를 했고, 인터뷰이가 된 나는 카메라 속에 멋진 포즈로 앉아 마치 뭐라도 된 사람처럼 떠들어 댔다. 장소는 내가 아르바이트하던 서울 합정의 한 카페. 당시 나는 좋아하던 카페에 당당히 합격한 아르바이트생이었다. 카페에 출근하면 앞치마부터 입고 즐겁게 유리창을 닦고 번번이 화장실을 치우며 처음으로 핸드드립 커피를 내렸다. 돈벌이는 좋지 않아도 몸으로 일하며 눈에 보이는 성취감을 누리던, 그야말로 씩씩한 시기였다. 그랬던 당시의 내가 불안에 대해 뭐라고 떠들었냐면…….

"불안은 해야 한다. 우린 불안해야만 해."

불안은 해야 한다라니, 대체 무슨 말인가 싶은 말을 내가 했었다. 요컨대 그때의 마음을 되짚어 보면 인간은 불안해야만 앞으로 나아갈 수 있고 할 일을 찾게 된다는 뜻이었던 것 같다. 너 불안하니? 좋았어. 너는 더 성장할 수 있는 아이야! 무엇이든 할 수 있어! 이런 마음이었다. 지금의 내가 듣기에는 코로 웃음이 뱉어지는 말이다. '미안한데 너는 불안할 줄 모르게 돼……' 하고 20대 초의 나에게 가서 속삭이고 싶다. 이 말을 들은 20대 임진아는 어떤 기분일까.

여하튼, 그랬던 나는 20대 중반에 세 번째 회사를 입사하여 30대 초반에 그만두며 어엿한 프리랜서가 된다. 소속된 곳이 없는 프리랜서지만 이상하게도 지금까지 불안은 느끼지 못한 채 몇 년을 홀로 책상에 앉아 일하며 지낸다.

그리고 2022년, 이 묘한 숫자를 맞이한 후 처음으로 '어쩌면 나, 조금 불안한지도' 하는 기운을 느끼게 된다. 회사가 없앤 내 표정과 감정이, 홀로 일하며 절로 덤덤해진 마음이, 어쩌면 이제 고개를 들고 싶어 하는 건지도 모르겠다. 어쩌면 나는 이 불안이 조금 반가운지도.

우리는 회사에서 기어코 변했다

세 번째 회사를 다니면서 눈물과 멀어졌다. 울고 싶은 일이 제일 많았던 곳이었지만 근무 시간에 운 적은 단 한 번도 없었다. '일하는 중에 울지 말자'고 마음을 먹은 이유가 있었다. 당시 내가 다녔던 회사에서는 일하며 우는 사람들이 꽤 많았고, 그런 사람을 보면서 일하는 건 꽤 괴로웠기 때문이었다. 이런 나와 비슷한 선배가 있었다. 그는 나에게 종종 "나도 울고 싶은데 눈물이 안 나와" 하며 그늘진 얼굴로 말했다. 근무 시간에 우는 사람을 비꼬는 게 아니었다. 이는 무구한 의문에 불과했고, 우리는 이런 대화를 나눌 때면 울어도 될 일 앞에서 무감정이 된 자신을 바라봤다. 그 대화 이후 나는 선배가 울고 싶겠다 싶으면 메신저로 '카페에 갑시다' 하고 말을 건 뒤, "저 카페 갈 건데 혹시 가실 분?" 하며 공개적으로 선배를 데리고 나왔다. 물론 다른 사람이 일어나 따라 나설지도 모르지만, 사실 별 상관이 없었다. 우린 어차피 매일 같이 있으니까.

참고 참았던 눈물은 퇴사 면담 때 처음 흘렸다. 끝내 나를 붙잡는 대표에게 "왜 모두 그만두는데 저는 못 그만두나요?" 하며 울었다. 말만 들으면 이상하지만 당시 그 회사에 다녔던 사람이라면 모두 절절하게 이해할 만한 말이었다. 나의 '나는 왜 못 그만두냐'는 말에 대표는 그제서야 나를 놓아주었다. 그때 알았다. 나는, 나의 소중한 눈물을 꼭 써야만 하는 자리에서 꼭 봐야 하는 사람 앞에서만 쏟는 사람이었다는걸. 부은 눈으로 계단을 내려오던 그날의 마음을 아직도 기억한다.

회사란 곳은 하루하루씩 그 공간 고유의 스토리가 쌓인다. 많은 사람을 만나는 만큼 많은 사람들과 작별하고, 듣고 싶은 말은 끝내 듣지 못하지만 듣기 싫은 소리는 거침없이 다가온다. 싫든 좋든 모든 일을 함께 바라보며 그 안의 우리들이 각자 어떻게 변하는지 또한 지켜본다. 나 역시 다르지 않았다. 회사라는 네모난 틀 안에서, 그 틀을 넘지 않을 만큼 기어코 변했다.

전화 업무가 제일 힘들던 사원은 자라서 전화 업무가

제일 쉬운 대리가 되었고, 업체에 가서 이야기하는 걸 끔찍하게 여기던 성격은 의외로 빠르게 사라졌다. 어느덧 모든 일은 빠르게, 감정은 저만치 보내서 여길 못 보게, 아무래도 상관없으니 괴롭지만 않게 지내다 보니 회사 속에서의 나는 빠르게 변했다.

초반에는 회사 전화 업무가 너무 싫었다. 어린 시절부터 중국집 주문 전화조차도 온몸으로 꺼렸다. 전화를 하기 전에는 집으로 배송된 우편물부터 찾았고, 봉투에 적힌 우리 집 주소를 내려다보고 있어야 겨우 전화기를 들 수 있던 아이였다. 그저 귀찮아서 전화하기 싫은 오빠와, 전화하기 자체를 어려워하는 나. 서로 미루고 미루다가 끝까지 오빠가 전화를 해 주지 않으면 나는 울면서 "먹지 않아도 돼!" 하고 외치며 이불에 얼굴을 박았다. 누군지 모르는 타인과 대화하는 일은 그저 무서웠다. 갑자기 내 입에서 아무런 말이 안 나올까 봐 지레 겁이 났고, 주소를 말하는 떨리는 내 목소리에 오빠가 웃을까 봐 두려웠다.

어른이 되어도 겉모습만 변했지 속 알맹이는 고스란히 남아 있다. 제작 업체에 전화를 하기 위해선 수첩에 대사들을 미리 적어 둬야 했다. 다시 전화를 하지 않기 위해 미리 질문들을 나열해 둬야만 전화기를 들 수 있었다. 최소 수량, 견적, 제작 기간, 발주 방법, 정산 절차 등을 적어 둔 후 빠짐없이 물어보며 고개 하나하나를 넘듯 그렇게 전화 업무를 봤다. 그러다 상사가 바로 옆에서 듣고 있으면 전화 업무는 다시 괴로워졌다. 그저 듣고만 있다면 얼마나 좋을까. 내 입에서 나온 단서들을 듣고서 내 귀를 통해 업체 사람에게 실시간 질문을 던지는 상황은 마치 이원 생중계 하는 카메라 앞에 선 기분이었다. 당시 동갑내기 동료는 이 상황을 견디다 못해 자신의 핸드폰을 들고 화장실로 가서 전화 업무를 보곤 했다. 감각하기만 하던 스트레스가 몸속에 자리하는 과정은 의외로 빠를지도 모른다. 전화 업무는 싫어하기 때문에 열심히 하는 일에 속했고, 전화를 끊을 때마다 조금씩 나아졌다.

연차가 쌓일수록 전화 업무에 대해 무감각해진 건 어쩌면 당연했다. 전화 통화는 간단한 방식으로 내 업무를 줄여 주었고, 빠른 처리를 해 주었다. 수화기 건너에 있는 사람이 누구든 아무래도 괜찮았다. 말이 안 통하는 상사보다 차라리 모르는 이에게 나의 문제를 토로하는 일이 쉬웠다. 그렇게 전화로 업체 사람들과 친분을 쌓아 갔고, 외근을 즐거운 마음으로 다녔다. '퇴사 후에도 이 업체에서 무언가 만들지도 모르니까'의 마음은 나를 버티게 했고, 실제로 성격이 꽤 외향적으로 변하기도 했다. 친하게 지내는 인쇄소 부장님이 있다는 건, 그간 없던 카테고리의 친구가 생긴 것만 같았다.

변한 건 성격만이 아니었다. 일을 잘하고 싶다는 마

음은, 일을 잘하는 것처럼 보이고 싶다로 바뀌곤 했다. 이를테면, 업체에서 제작 기간을 대략 2~3주라고 말해 줬을 때 그대로 상사에 말하지 않는 것이다. 만약 그대로 전하면 "그래서, 2주래? 3주래?" 하는 대답이 돌아왔고, "너는 2주랑 3주랑 같니?" 하는 식의 '어디 쉬이 넘어가나 봐라' 대결이 시작되었다. 2주=3주로 아는 디자이너가 되지 않기 위해서 내가 택한 대사는 "빠르면 3주래요"였다. 그러다가 업체에서 일을 2주 안에 끝내 주면, 마치 내가 핸들링을 잘한 것처럼 보이곤 했다. 어쩌면 나는 이런 식의 셀프 자존감 올리기로 호기로운 직장 생활을 겨우 이어 갈 수 있던 건지도 모른다. 당시의 나는 대략적이더라도 답을 주는 업체가, 일단은 따지고 보는 상사보다야 훨씬 논리적이며 인간적이라고 여겼다. 그래서였을까? 점점 상사 앞에서는 쓴웃음이, 업체 사람들 앞에서 진짜 웃음이 나오던 나였다.

*

그러던 어느 날이었다. 회사일 앞에서 조금씩 무감각해지는 게 문제라는 걸 알아챈, 일명 '아 씨 진 짜' 사건이 터지고 말았다. 오랫동안 함께 작업하며 친분을 쌓았던 업체 사장님과의 전화 통화가 발단이었다.

늘 친절하고 정중하게, 제작 일정 늦지 않게, 불량품

은 거의 나오지 않게, 해 주시던 공장 사장님이 있었다. 그래서 늘 이분께 발주를 넣을 때마다 언제나 마음이 든든했었다. 사장님은 머리카락 한 올 바람에 흔들리지 않도록 늘 정갈한 헤어스타일을 고수하셨고, 어떤 무스를 쓰는지 더 친해지면 물어보자고 종종 혼자 생각할 만큼 머리카락이 늘 반짝거렸다. 마치 그가 만드는 종이봉투처럼.

종이봉투만을 제작하는 봉투 사장님은 정답지는 않았지만 일처리가 깔끔했고, 내가 의뢰하는 봉투를 재밌어 했다. 공정이 어려운 봉투를 의뢰하면, 내가 만들어 간 한 장의 봉투 샘플을 요리조리 살피며 고개를 숙이고는 "해 볼 게요" 하며 나의 도전에 기꺼이 동행해 주었다. 제작 업체를 다니며 일에 대한 진심을 배웠다. 그것도 기껏 종이라는 얇은 물건에 대한 깊은 사랑을.

그랬기에 사장님을 만날 때마다 든든한 업계 선배를 만난 기분도 들었다. 평소 종이봉투를 좋아해 여러 나라의 봉투들을 수집하던 나는, 봉투를 제작할 일이 생기면 내심 좋아했다. 노루지(식품용 종이), 트레싱지(반투명 종이) 등 좋아하는 얇은 종이를 사용해 내가 디자인한 카드가 들어갈 봉투를 제작한다는 것은 팍팍한 회사 생활 속 확실한 기쁨이었다. 일을 사랑하는 디자이너들이라면 알 만한 기쁨일 것이다. 내 돈을 들이지 않고도 제작 과정을 겪을 수 있다는 기쁨 말이다. 봉투는 종이 하나로 자기들끼리 만나 접

착 면이 되고 닫는 면이 되고 앞뒤 면이 되어 무언가를 담을 모양을 만든다. 이게 얼마나 귀여운지, 만들어 보지 않은 사람은 모를 것이다. 내가 정한 사이즈의 카드가 내가 정한 사이즈의 봉투 속에 알맞게 쏙 들어갈 때의 쾌감 또한! 알맞게 들어가는 게 당연하지만, 당연한 것을 당연하게끔 만든 나를, 나만큼은 종종 기특해 하곤 했다. 멍한 표정으로 일하다가도 이런 순간 앞에서는 모처럼 반짝거리는 마음을 느꼈다.

나는 디자이너로 일했지만, 세금계산서 발행 및 정산 일정을 챙기는 업무까지 해야 했다. 좋아하는 일이 있다면 하기 싫은 일이 있었고, 좋아하는 일에는 모처럼 '좋다!' 하는 감정을 썼지만 싫어하는 일에는 최대한 에너지를 쓰지 않았다. 세금계산서 요청 전화는 싫어하는 일에 속했고 늘 그렇듯이 크게 마음 쓰지 않은 채 전화를 걸었다. 가장 하기 싫은 업무는 오전에 해 버리는 노련함이 생긴 지는 이미 오래. 매번 하는 전화 업무니 아무런 걱정도 없이, 노트에 무언가 적을 필요도 없이 여유 만만하게 전화기를 들었다.

"사장님 안녕하세요. OOOO 임진아입니다. 세금계산서 때문에 전화드렸어요."

아무런 대답도 들리지 않았다.

조금 전보다 밝은 억양과 말투로 다시 인사를 건넸다.

"사장님! 안녕하세요! 저, 세금계산서 때문에……"

"아 씨 진짜"

"네?"

바빠 죽겠는데, 별것도 아닌 걸로, 왜 전화질이야. 이 따위 일로 아침부터 전화를 해? 네가 왜 나를 힘들게 하냐, 이딴 게, 다 뭔데.

예상치 못한 대사가 거침없이 전화기를 넘어왔다. 꽤 높은 톤으로 쏟아지는 말들에 어깨부터 놀랐다. 목소리는 봉투처럼 정갈한 사장님이 맞는데, 다른 게 있다면 그의 상태였고 주변의 어수선함이었다.

"죄송합니다. 사장님. 다음에 다시 전화드릴게요."

내 쪽에서 먼저 전화를 끊고서 잠시 멍하게 모니터를 바라봤다. 그리고 생각을 하기도 전에 제멋대로 생각이 흐르고 있었다.

'이건 이렇고. 음, 다음은.'

당장 어떤 충격도 느끼지 못했다. 퇴근 전에 다시 전화 걸 수 있으려나 정도의 걱정만이 남아 있을 뿐이었다. 여느 날과 다름 없이 퇴근 전에 해 두지 않으면 안 되는 일을 하나둘 처리했다. 점심도 늘 비슷하게 먹었고, 오후에는 남은 일을 처리하며 보냈다. 오전보다 한껏 더 무표정이 된 오후의 한복판에 다다랐을 때, 내 자리에 놓인 전화기가 울렸다. 봉투 사장님이었다.

"OOOO 임진아입니다."

"아까는 정말 미안해요."

"네?"

"아까는…… 미안합니다."

사과를 받았다. 정확히는 알 수 없지만 봉투 회사에 안 좋은 일이 일어났는데, 그 격한 상황에 하필 내가 전화를 걸었던 것이다. 다시 말해 재수 없게 분풀이의 대상이 되었던 건데, 따지자면 나는 그쪽의 분풀이 대상이 될 수 있던 사람이었다. 사과 전화를 받고 나서야 내가 사과받을 일을 당했다는 걸 알게 되었다. 전화기를 든 채로 조금 전의 상황을 매만져 보았다. 잘못을 하지 않았더라도 이유 없이 하찮게 대해도 되는 사람이 나라는 것. 아무래도 상처가 생긴 게 맞았고, 사과를 받아야 함이 마땅하다는 것. 그마저도 그저 그 정도였을 뿐 다른 생각은 들지 않았다. 목소리를 가다듬고 아무렇지 않은 척 전화를 이어갔다.

괜찮아요, 사장님, 전혀요, 아무렇지 않아요, 힘드실 때 제가 전화를 드렸지요, 저도 죄송합니다. 사장님의 목소리는 오전에 비해 더 기운이 없고 풀 죽어 있는데 나는 밝았다. 한껏 웃으면서 괜찮다고 말했고 사장님을 위로하기까지 했다. 그리고 마지막으로 조심스럽게 입을 열었다.

"세금계산서…… 시간 되실 때 부탁드립니다.(^.^)"

마음의 상처는 아무래도 됐고요. 업무를 처리해야 내일의 제가 편해서요. 내일 오전에는 또 내일의 하기 싫은 일

이……. 마음속에는 쓰디쓴 중얼거림이 끝나질 않았다. 그
런데 어째 달라져 있었다. 화를 당했을 때보다 사과를 받을
때, 회사 안에 덩그러니 앉아 있는 내가 고스란히 보였다.

카페……갈까…….

잠깐 나를 없애고 싶다는 생각에 화장실로 가서 뚜껑
닫힌 변기에 앉았다. 동공에 점점 힘이 빠졌다. 눈물은 나
오지 않는데 자꾸만 눈을 비볐다.

그로부터 멀지 않은 시일에 봉투 회사는 사라졌다. 정
갈하고 야무진, 화도 낼 줄 알고 사과할 줄 알던 봉투 사장
님은 봉투 사업을 접고 식당을 개업했다는 소문이 돌았다.
사장님, 식당에서도 무스 바르실까……. 이 정도의 생각만
이 남은 채로, 나 또한 같은 해에 회사에서 사라졌다.

*

한 회사를 4년 넘게 다니는 것을 보고 누군가는 길게
다녔다 하고, 누군가는 고작이라고 볼지도 모르지만, 나에
게는 그저 '바로 지금'이었다. 마침 회사 내부에 큰 소동이
있었고, 덕분에 꽤 아픈 모양으로 회사 생활에 대한 마음을
접게 되었다.

가장 근래에 입사한 한 상사가 있었다. 여기가 군대
였으면 벌써 얼차려를 시켰을 거라는 말을 웃으면서 했고,

업체와 통화를 할 때마다 사람 좋은 웃음을 보였는데 통화가 끝나면 전화기를 던지며 업체 욕을 했다. 그렇게 퇴사의 길로 등 떠밀어 준 사람에게 나는 끝까지 못난 애정을 갖고 할 말을 다 했다. 한번은 그를 불러내 디자이너들이 모두 공포스러워하니 그런 행동은 그만해 달라고 말했다. 일종의 경고였다. 적어도 전화를 끊고 던지지만 말아 주세요. 혼자 계신 게 아니잖아요. 하면서. 어쩌면 무감정의 디자이너로 자라난 덕분에 이런 말을 아무렇지 않게 할 수 있던 게 아닐까 싶다.

그리고 나의 퇴사가 정해졌을 때, 그는 조용히 회사 앞 놀이터로 나를 불러내더니 혹시 자기 때문에 퇴사하는 것이냐고 물었고, 퇴사하지 말아 달라고 사정하며, 자기를 잘 따라와 달라고 굽신거렸다. 어떻게 얻은 퇴사인데요, 퇴사는 이미 정해졌고요, 이런 걸로 회사가 아닌 놀이터로 불러내지 말아 주세요. 이 말을 한 후, 그는 나를 투명인간 취급을 했다. 퇴사하는 날까지 나는 누군가에게 없는 인간이었다. 봉투 사장님은 적어도 미안하다고 전화라도 걸어 주었는데……. 나의 선택이 맞았다고 확인시켜 주어 고마워요.

돌이켜 보면 울지만 않을 뿐 할 말은 다 하던 회사 생활이었다. 그래서 안 운 건가? 회사 생활 초반에는 내가 잘못하지 않은 일들도 사과해야 했다. 그래서였을까? 부당함의 표현은 나에게 직접적으로 박힌 화살을 뽑을 때, 하기 위해 아껴두곤 했다. 어느덧 그 아낌은 진짜 나를 위한 마음이 되어 날카롭게 쓰였고, 필요할 때 우는 것처럼 필요할 때 입을 열게 만들었다.

*

문제는 과하게 담담해진 마음으로 프리랜서가 되었다는 것이었다. 이는 좋기도 했지만 내 마음속에서 알 수 없는 오류를 내곤 했다. 이상한 감정으로 말하기도 했고, 기분 나쁜 일에 대해 감정을 쓰지 않으려 애를 쓰기도 했다. 그저 웃으며 앉아 있었는데 집에 와 생각해 보니 그제서야 화가 끓어오르는 일도 있었고, 관계를 끊을 필요까지는 없는 일에 대해서도 과하게 엄격해지곤 했다. 겪지 않아도 되는 일을 겪어 낸 후유증인지도 모르겠다. 겪지 않아도 되는 일을 겪는 건, 프리랜서에게도 너무나 당연한 일이었지만.

나도 모르게 꾸준히 비교를 받는다

지금은 임진아라는 이름에 여러 직업이 붙었고, 그만큼 바빠졌다. 따지자면 약 2년 전부터였다. 2020년 11월의 일기를 발췌해 보자면 이런 문장을 만날 수 있다.

"어쩌면 내가 지구상에 머무는 동안에, 가장 많은 부

름을 받는 계절이지 않을까."

프리랜서가 된 지 얼마 되지 않았을 때와 비교해 보자면 난 꽤 성장한 상태였다. 20대 내내 일을 따라다녔던 나는, 30대에 들어서 '나'를 지목해 날아오는 일들을 만났고, 이 일들을 하나씩 통과할 때마다 다음이 생겼다.

"바빠요?"

"바쁜 편인 것 같아요."

"바쁜 게 좋죠."

'바쁜 게 좋죠'라는 인사를 받을 때면, 프리랜서의 상태에 대해 생각하게 된다. 만약 프리랜서라는 직종을 삽화로 표현한다면, 쌓인 일 앞에서 덩실덩실 춤을 추는 사람을 그리면 될까? 그런 그림을 보는 프리랜서는 기분 나쁘지 않을까? 물론 나에게 도착해서 기쁜 일이란 게 있지만, 바쁜 걸 과연 마냥 좋다고만 할 수 있을까? 프리랜서의 현실은 퇴근이라는 출구 없이 하루 종일 일에 끈적끈적 묶여 있는 그림이 아닐까. 떠먹는 밥에도 '일', 자기 전 멍한 눈에도 '일'. 일이라는 말풍선이 가득 달려 있는 그림은 어떨까 싶다. 아, 물론 이런 그림 또한 프리랜서가 보기에 기분 나쁘긴 마찬가지겠지만.

프리랜서는 직업이 아닌 상태다. 형편이 돼야만 프리랜서라 불리기 때문이다. 일하고 있고, 일할 수 있고, 할 수 있는 일이 있고, 다음 일이 있는 형편 말이다. 바쁜 게 좋다

는 말은 즉, 안 바쁘면 싫다가 되는데 그것은 어쩌면 '불안'
과 관련이 있을지도 모르겠다.

　프리랜서는 어디에도 소속되지 않고, 언제까지 이 일
을 할 수 있을지도 모르고, 거절하면 일을 주지 않을까 봐
무섭고, 일이 끊길지도 모르니까 불안하다. 그래서 불안하
지 않으려면 바빠야 하고, 바쁠 때 비로소 사회에 존재한다.

　일이 끊길지 모른다는 불안, 바쁘지 않으면 안 된다는
불안, 남들보다 못해서 잊힐 거라는 불안이 나에게는 찾아
오지 않았기에 '바쁜 게 좋다'는 그 말에 쉬이 호응하지 못
했던 건 아닐까. 다른 사람을 부러워하는 것도, 누군가가
나를 부러워하는 것도 잘 이해가 되지 않았는데, 이 또한
비슷한 맥락이었다. 불안하기보다는 그냥 행복하고 싶다.
일에 대해 불안하더라도 일단 몸이 편하거나, 좋지 않은 상
태에 일을 하더라도 나를 숨길 수가 있다는 건, 이상한 그
늘이 되어 안정이라는 착각을 주었다.

　회사원보다 프리랜서로 일을 할 때 마음이 더 편했던
건, 조마조마한 상황이 잘 찾아오지 않아서가 컸다. 프리랜
서가 되고 나서는 마감날에 맞춰서 작업을 할 수 있을까,
잘할 수 있을까 정도가 실질적인 불안이었고, 대체적으로
나만 잘하면 고요히 지낼 수 있다는 확신이 일을 완료할 때
마다 쌓였다. 이건 나름의 경력이 되었고, 일이 이어질수록
승진하듯이 나만의 일들이 생겼다.

그러다 의도하지 않았던 몇 개의 일들을 겪었다. 예상치 못한 상황이 갑자기 끼얹어지는 건, 회사원이나 프리랜서나 마찬가지였다.

*

모 기업과의 미팅이 있었다. 나는 앱 개발에 필요한 그림을 의뢰받았고, 몇 번의 메일을 통해 이야기를 나눈 뒤 미팅을 했다. 다행히 미팅 장소는 작업실과 멀지 않은 카페였다. 담당자는 회의실처럼 따로 분리되어 있는 테이블에 여러 명의 직원들과 함께 모여 있었다. 담당자 한 명만 오는 줄 알았던 터라 조금 놀랐지만 미팅이 시작되면서 이내 괜찮아졌다. 내 책을 아는 사람도 있었고, 내 작업과 SNS를 잘 보고 있다고 말하는 사람도 있어서 조금 안심이 되었다. 순조롭게 대화가 이어지자 이렇게 많은 사람이 나올 줄은 몰랐는데 어째 좀 긴장이 되네, 하는 마음은 조금씩 잦아들었다.

미팅은 줄곧 화기애애한 분위기 속에 진행되었고, 내 그림에 대한 반응도 좋았다. 이야기를 거의 다 나눴을 때 즈음에 혹시 몰라 가져간 내 책을 선물했다. 미리 책을 가져온 분들은 사인을 요청했고, 나는 한 분 한 분 이름을 쓰고 나의 캐릭터를 그려 넣어 인사말을 적었다. 마지막까지도 방긋방긋 좋은 분위기였고, 그 덕분에 나의 요즘에 조금 자신감이 붙은 듯하기도 했다. 기분 좋게 이제 슬슬 일어날까 하는데, 직원분들이 이내 조금씩 난처한 표정으로 변했고, 서서히 나를 섭외한 담당자에게로 시선이 모였다. 제일 중요한 한 가지 통보가 남아 있었다.

"사실은, 조금 전에 다른 작업자 분도 미팅을 하고 왔는데요. 저희는 진아 님과 꼭 작업하고 싶네요."

웃고 있던 내 얼굴에 물음표가 생겼다.

"저희는 꼭 진아 님과 하고 싶어요. 맞지?"

"맞아요, 맞아요" 하며 장단을 치는 사람들의 웃음이 아까와는 다르게 들렸다. 한 테이블에 모여 앉은 게 아니라, 나를 중심으로 빙 둘러 앉은 것만 같았다. 나는 그 자리를 나오고 나서야 비로소 이 시간은 내가 알던 미팅이 아니라는 걸 깨달았다. 나는 나도 모르게 비교 대상이 되었고, 나의 한 마디 한 마디가 나를 뽑아 달라는 의미가 되었다. 이건 작업자로서 절대 건강한 상황이 아니었다.

이 일은 결국 누군가가 떨어지고 내가 선택받았다. 하지만 나는 끝내 그 일을 진행하지 않았다. 비교 대상을 두고 나와 누군가를 저울질했다는 괘씸함 때문이 아니었다. 그로부터 한참 동안 연락이 없다가 갑작스럽게 담당자로부터 메일이 왔고, 바로 일에 투입이 되어 며칠 남지 않은 마감일에 맞춰 작업을 완료해야 했다. 심지어 한동안 연락을 하지 않았던 이유가 내부 사정도 아닌 나의 여행이었다. 내 SNS를 보아하니 여행 중인 것 같아 연락하지 않았다는 말이 메일에 적혀 있었다. 혹시 기업에서 보는 프리랜서는 대놓고 저울질해도 되는, 선택받은 것에 마냥 기뻐해야 하는, 일을 아무 때나 줘도 바로 시작할 수 있는 직업군인 걸까. 프리랜서 중에서도 일러스트레이터라고 불리는 사람의 SNS는, 게시물 하나하나가 모두 통보 및 홍보에 불과한 걸까. 이 일의 거절은 그렇지 않다는 의미의 거절이었다.

마치 하기로 해 놓고 안 하는 나쁜 애가 됐지만, 나는 아무 일 없었다는 듯 평온함을 찾았다. 그리고 이내 현실을 직시했다. 프리랜서란 나도 모르게 꾸준히 비교를 받는다는 너무나 당연한 사실 말이다. 회사라는 지붕 아래에서도 그렇듯이, 프리랜서의 사회 또한 그렇다. 그 과정에서 내 이름에 빗금이 그어지거나 동그라미 표시가 그려진다. 나는 얼마든지 대체되며, 비교당하고, 누군가 거절한 일을 대신한다. 당연한 과정이지만 그 안에 앉아 그런 나를 만나는 건, 좀 울고 싶어지는 일이었다.

*

그로부터 몇 년 뒤, 이번에는 또 다른 기업과의 줌 미팅이 있었다. 뉴스레터에 들어갈 그림을 의뢰받았고, 1년

계약 건이었다. 작업비는 생각보다 적었지만, 매달 고정 수
입이 생긴다는 건 프리랜서에게는 꽤 반가운 일이기에 승
낙을 했다. 보통 일을 승낙하고 나면 본격적으로 담당자와
소통하며 정해진 일정 안에 일을 처리한다. 이 과정에서 담
당자는 줌 미팅을 제안했다. 굳이 줌으로?란 의문이 들었
지만, "1년 간의 협업인 만큼 미팅을 통해 이야기 나눠 보
면 좋겠습니다"라는 게 이유였다.

줌 미팅은 담당 디자이너가 진행했다. 사업계획안을
함께 보기 시작했고, 그 계획안에는 어디서 가져왔는지 모
를 내 그림들이 앉혀져 있었다. 순간 사업계획안 파일 맨
위에 적힌 파일명에 눈이 갔다. 제목 끝에 언더바 임진아가
있는 것을 쳐다보며 '내 이름' 하고 생각할 뿐이었다. 그리
고 줌 화면에는 또 한 명의 사람이 있었지만, 그는 거의 참
여하지 않았고 팔짱을 낀 듯한 표정으로 앉아 정면을 바라
보고 있을 뿐이었다. 시선의 끝이 나인지, 사업계획안인지,
진행하는 디자이너의 입인지는 알 수 없었다.

몇 가지 질문이 도착할 때마다 나는 성실하게 답변했
다. 반응은 괜찮았다. "멋있네요. 정말" 하는 답이 돌아오
곤 했으니. 질문이 있냐는 말에 나는 "그럼, 그림 발주는 언
제로 알고 있으면 될까요?" 하는 식의, 작업자로서 꼭 알아
야 하는 현실적인 질문을 던졌다.

"사실은, 진아 님과 또 한 분 이렇게 두 분이 계시거

든요. 아마 작업자는 이번 주 중에 정해질 테니, 곧 연락드
리겠습니다."

순간, 나는 모니터 속 내 표정과 눈이 마주쳤다. 속마
음 말풍선이 보였다.

'지금 설마, 또야?'

두 가지 버튼이 생겨났다. '왜 진작 말하지 않았냐' 혹
은 '아직도 이런 식으로 일하냐'는 두 가지 물음 버튼이었
다. 여태 의심하지 못했다니, 나에게 화가 나기도 했다. 주
고받았던 메일들을 곱씹어 보았으나, 메일 어디에도 오늘
을 예상할 만한 말은 없었다. 그러는 사이 모니터 안에 앉
아 있던 나는 이상한 기질이 툭 튀어나왔다. 아무렇지 않게
"아, 넵!" 하고 있는 것이었다. 모니터 속 사람들은 빠르게
하나둘 사라졌다. 식탁 위에 덩그러니 놓인 나. 이럴 때면
여전히 손으로 얼굴을 벅벅 비빈다. 나의 선택으로 나는 또
다시 비교의 무대에 올라앉았다. 말이 없던 한 사람은 팀의
상사라는 것과, 파일명에 적혀 있던 언더바 임진아의 의미
를 그제서야 알아챘다.

'디자이너 님, 다른 작업자 그림도 다 따다가 파일로
만들었겠네……'

미팅한다고 긴장했던 마음이 차갑게 식어 아무 일도
못했다. 메일을 보내서 지금이라도 거절을 할까, 뽑히고 나
서 거절을 할까. 짜증이 나서 며칠을 게임만 하면서 지냈

다. 기분 나쁘게 조마조마한 나날이었다. 그리고 며칠 뒤,
선택받지 못했다는 메일을 받았다. 너그러이 이해해 달라
는 말과 함께. 1년 간의 협업인 만큼 미팅을 통해 이야기
나눠 보면 좋겠다는 말은, 1년 간의 사업인 만큼 미팅을 통
해 나를 샅샅이 살펴 회사에서 선택할지 말지를 따져 봐야
한다는 말이었다.

　앞서 있던 일과 비슷했지만, 이번 건 타격이 더 컸다.
아무리 일하고 일해도 여전히 프리랜서는 이런 대상이 된
다는 것. 원치 않는 저울질의 결과로 거절할 기회를 잃는
다는 것. 결국 아무 말도 못 했다는 것. 나도 모르게 드러나
있는 나를 몽땅 파헤쳤을 시선들이 떠올라 자꾸만 눈을 비
볐다. 이런 식으로 사람을 고르지 말라고, 적어도 이런 과
정을 미리 투명하게 명시하는 게 맞다고 말하고 싶었으나
아무 답장도 하지 않았다.

　울고 싶다는 기분이 올라왔다. 나는 나에게 화가 나고
나에게 답답함을 느낄 때 울고 싶어지는 인간인가 보다. 무
감정으로 따질 수도 없고, 사실 따질 자격도 없었다. 앞으
로의 나를 위해 당당하게 맞설 상대 자체가 없는 허무한 세
상에서 울고 싶지만 나는 나를 위해서 끝내 울지 못했다.
울어 버리는 순간, 내 세상이 초라해지니까. 프리랜서에게
울고 싶은 상황은, 나라는 이름 세 글자를 딱 골라 구체적
으로 다가온다.

불안이라는 그림씨

처음으로 번아웃을 겪었다. 주위의 프리랜서들을 보면, 나는 늦은 편에 속했다. 내가 번아웃의 한복판에 있다는 사실을 가까스로 눈치챘다.

더 이상 일을 받지 않았고, 남은 외주 일을 겨우 끝낸 후에 3개월 동안 '거의' 아무것도 안 하고 지냈다. 거의라는 것은 얼마나 무책임한지. 아무것도 안 하고 지내기로 나와 약속해 놓고, 조금씩 조금씩 일을 이어가고 있었다. 호흡이 긴 작업, 이미 계약했던 단행본 글, 너무 하고 싶어서 승낙한 연재, 분량이 적은 추천사 작업 등이 나를 기다리고 있었지만, 집 밖에 나오지 않아도 될 만큼 나에게는 모처럼의 여백이 생겼다. 작업실은 조용히 먼지가 쌓였고, 나는 집에서 시간을 보내며 그간 내 안에 쌓인 자갈들을 하루하루 덜어 냈다.

여백이 주어지자, 덜 프리랜서 같아지자, 나는 아무 때나 울었다. 눈물만이 아니었다. 온갖 감정들이 앞다투어 매일매일 일어났다. 기쁘다가도 짜증 나고, 한마디에 웃다가도 한마디에 울었다. 아이돌 무대를 틀어 놓고 과자를 먹다가 갑자기 울었고, 게임에 심하게 빠져서 안 하던 욕을 마구 내뱉으며 웃었다. 일을 잘하는 것보다 게임 속 등급을 올리는 데에 혈안이 되었다. 바닥에 앉아 책을 쌓아 놓고 읽었고, 갑자기 바닥에 누워서 울었다. 가고 싶었던 카페와

식당을 다녔고, 먹고 싶었던 과일을 매일 먹었다. 그리고 불안을 느꼈다. 불안의 감정은, 휘몰아치는 상태 중 하나였을 뿐이지만 무엇보다도 또렷하게 느껴졌다.

프리랜서의 삶이란, 애당초 온갖 감정이 일어나는 매일이 나를 기다리고 있는 일이었다. 적어도 울고 싶을 때는 울어도 되는, 바로 그 점이 프리랜서의 가장 좋은 점이었다. 울어야 할 때 몇 번이나 울지 못하고 나서야 알게 된 사실이었다. 그때 울지 못했던 눈물은 기어코 이렇게 아무 때나 나와서 사람을 고장난 것처럼 만든다고, 긴 호스에 한참을 고여 있던 기분 나쁜 온도의 물을 이제서야 빼내듯이 울면서 생각했다. 프리랜서가 된 후에 처음으로 가진 긴 휴식이었다.

이런 시간을 가질 수 있던 건, 쉴 수 있어서였고 쉬고 나서도 시작할 수 있는 일들이 있어서였다. 쉬면서도 다음 일이 있다는 것에 나직하게 안심했고, 간만의 여백에 여러 일들을 모처럼 구상하곤 했다. 오전에 여는 카페에 가서 글을 썼고, 작업실 대청소를 했고, 한참을 입고하지 못한 작업물들을 포장해 책방으로 가져갔고, 오랜만에 다이어리 월간 칸을 채웠다. 이유가 없는 그림을 그리고 싶어졌고, 이야기하고 싶은 것들이 내게 다가왔다.

정해진 일이 있기에 불안하지 않게 쉴 수 있다는 마음은, 어쩌면 나도 일에 대해 불안함을 느낄 수도 있는 사람임을 알려 주었다. 불안하다는 것은 곧장 드는 생각이 아니라, 서서히 드리워지는 그림자였다. 불안은 해야 하는 것도 아니고, 마음대로 하지 않게 되는 것도 아니다. 그저 나는 무얼 불안해할지를 몰랐고, 그런 사이에 번아웃이라는 그늘에서 고개를 들지 못했다. 다행이랄까, 그 덕에 나는 나를 가까이 보았다.

결국 나는 내가 불안할 줄 아는 사람임을 인정했다. 내가 맞이하고 싶지 않은 불안이란, 일이 없다고 조마조마하는 불안이 아니었다. 내가 내 기분을 못 느낄까 봐, 나를 챙길 타이밍을 놓칠까 봐 불안하다 느꼈다. 무감정의 얼굴로 할 말을 다 하는 사람이, 울고 싶지만 울지 못해 눈을 비비는 사람이 되고 싶지 않다.

앞치마를 입고 우리는 불안해야 한다고 떠들던 20대 초반의 나에게 갈 수 있다면, 어쩌면 다른 말을 속삭여야 할지도 모른다. 너는 불안할 줄 모르게 된다는 소식이 아닌, 너는 너의 불안을 기어코 만나게 된다고.

너는 불안해야만 했지. 너한테 불안하다는 말은 동사여서, 그림씨가 아니고 움직씨여서, 너는 불안하다는 이유로 정말 많은 것들을 시도했어. 어떻게든 너만의 일로 기쁘거나 슬프고 싶어서 몸을 움직였어. 원하는 대로 성취하고 싶어서 앞치마를 입고 있는 걸 알아. 그렇게 해서 얻은 것도 있고, 잃은 것도 있을 거야. 하지만 불안하다는 말은 염려스럽다는 말처럼, 생각하고 생각하자 이내 드리워지는 어떤 상태인 것 같아. 어쩌면 어떤 일을 겪었을 때 곧장 바뀌는 너의 얼굴 표정, 원치 않는 말을 듣자마자 꽉 들어찬 너의 기분 그 자체일 거야. 그 순간을 쉽게 표현할 때 쓸 수 있는 말일지도 몰라. 마음에게 미안할 때 나에게 향하는 마음일지도 모르고. 불안하다고 느껴서 어떻게 살고 싶은지를 그리는 어른이 조금 더 일찍 되면 좋겠다는 마음뿐이야. 조금 전 말끔하게 닦은 테이블에 앉아 친구의 인터뷰를 도와 주던 그 한낮을 종종 그리워하면서 지내게 될 테고, 그로부터 긴 시간을 지나가다 보면 불안을 느끼지 못하는 시기를 만나게 된단다. 그런 뒤에 너는 불안의 마음을, 너만의 장소에서 기어코 만나게 돼. 불안해도 되는 장소에서 불안하게 된다는 소식을, 나는 가장 전하고 싶어.

*

불안하다고 바로 느끼고 싶고, 내가 아는 불안을 덜 느끼는 프리랜서로 지내고 싶다. 이 희망에는 앞으로 다가올, 내가 모르는 날들에 대한 기대가 분명히 서려 있다. '불안하다'는 나에게 미안해할 줄 아는 마음을, 이제는 알 것

35

같은 그 뒤숭숭한 모양의 그림씨를, 다음 날과 그 다음 날에도 계속 데리고 가기로 했다. 내일의 나에게 조용히 속삭여 본다.

메꾸어 나가기

천현우

천현우

삶의 대부분을 고향 마산에서 보냈다. 전문대를 졸업한 후부터 공장에서 쉴 틈 없이 일했다. 틈틈이 소설 공모전에 도전했지만 승률은 0승 17패. 글쓰기를 포기하려 할 때쯤 언론을 통해 글 쓸 기회가 찾아왔다. 2021년부터 〈주간경향〉, 〈미디어오늘〉, 〈피렌체의 식탁〉, 〈조선일보〉에 칼럼을 기고 했다. 현재 미디어 스타트업 alookso에서 일하고 있다. 인생 계획이란 로또 당첨 번호를 분석하는 것만큼 의미가 없다는 걸 깨닫는 중이다.

사실 처음 원고지에 펜촉을 얹었을 땐 좀 난감했어요. 편집자님이 '일'을 주제로 글을 좀 써 보자고 하셨는데 되게 막연하더라고요. 속으로 막 고민했죠. 이분이 로동 철학을 원하시는 건가?《전태일 평전》이나《노동의 새벽》같은 책들. "투쟁!"을 외치며 천막 농성하는 노조 아저씨들부터 마르크스랑 엥겔스의 수염 가득한 얼굴하며 낫과 망치가 그려진 소련 국기까지, 정말 온갖 생각이 다 나더라고요. 아무래도 제 직업 특성상 말랑말랑한 '일'이란 글자보단 묵직한 '노동'이란 단어가 더 친숙하니까요. 근데 뭐, 옷 색깔이 파랗든 하얗든 다 먹고살자고 하는 일 아니겠어요? 하여 독자님들껜 다소 생소할 수도 있는 용접 이야기부터 좀 털어 보겠습니다.

*

"젊은이들이 현장직은 안 하려고 한다!"라는 말, 다들 한 번쯤 접해 보셨을 거예요. 제가 쇳밥을 좀 오래 먹었는데요. 이젠 '젊은이'들이 왜 이 일을 꺼리는지 또렷하게 보입니다. 힘든 게 문제가 아니라 선순환이 없어요. 일하면 경력이 쌓이고, 그 경력으로 더 나은 대우를 받고, 나아진 대우로 삶이 개선되어야 하는데, 이 고리가 망가졌거든요. 제 아는 동생이 CNC 공작기계, 그러니까 쇠 깎는 기계를

10년 가까이 다뤘는데요. 눈대중만으로도 치수를 맞출 수 있어서 혼자 기계 여섯 대를 거뜬하게 돌릴 수 있어요. 보통 1년 차가 서너 대 정도 돌리거든요. 근데 이 친구가 받는 시급이 고작 만 원이에요. 신입이랑 다를 게 없는 수준이죠. 게다가 일은 또 얼마나 지루한지 몰라요. 공장일 대다수가 단순 생산직인데요. 영화 〈모던타임즈〉처럼 컨베이어 벨트 앞에 서서 기계처럼 같은 동작만 반복합니다. 임금 안 오르는 건 둘째치고 자신을 갱신해 나가는 재미가 없죠. 하다못해 그 재미없는 헬스조차 들고, 당기며, 미는 무게를 점차 올리는 맛이 있는데 말이죠. 이러한 자기 갱신은 일에서 굉장히 중요한 요소인데 말이에요. 내 실력이 나아져 갈 때마다 재미가 붙고 자신감이 생기거든요. 그림도 처음엔 동그라미 하나 제대로 못 그려서 빌빌대다가 어느새 그 복잡한 사람 몸뚱이를 슥삭 그리게 되잖아요. 그 과정에서 좌절하고 의욕을 잃기도 하지만 그만큼 성장했을 때의 뿌듯함, 발전이 대가로 이어질 때의 성취감은 짜릿합니다. 제가 용접을 놓지 못하는 이유이기도 하죠.

　독자님들은 용접을 어떻게 생각하시나요? 아마 제가 처음 용접면을 쓰기 전까지 가졌던 편견과 별다르지 않을 겁니다. 되게 거칠고 힘들 것 같은 인상이죠. 일단 겉보매부터가 살벌하잖아요. 앞에선 섬광탄 뺨치는 빛이 아른대지. 사방으로 새빨간 불똥이 팝콘처럼 튀지. 가까이 가면 막 화상 입고 실명할 것 같은 느낌이 들죠. 심지어 쓰이는 곳도 대체로 건설, 조선, 중공업처럼 하나같이 사고 나면 큰일 나는 분야들이잖아요. 저도 마찬가지였어요. 제가 실업계고 전자과를 나와서 전문대에서도 전자 전공을 했는데요. 납땜하다 화상도 입고, 연기를 오래 맡아서 헛것도 보고 환청도 들어봤는데, 용접은 아예 차원이 다르게 느껴졌어요. 그야말로 '쌩노가다'란 느낌이었죠.

제가 용접을 접한 건 2014년 말쯤이었어요. 그때 집에 빚이 너무 많았어요. 그래서 주야로 자동차 공장을 다니면서 주말엔 조경일을 했어요. 가로등 설치하고, 곳곳에 벤치도 깔고, 다리를 놓기도 하면서, 사람들이 핫플이라고 칭하는 공간을 만들었죠. 주말이면 트럭 몰고 절 데리러 온 아저씨가 있었는데 이분이 용접을 정말 잘했어요. 용접은 배우면 어디든 도움이 된다고 해서 늘 옆에서 구경을 했거든요. 처음 용접면을 썼을 땐 놀랐어요. 진짜 아무것도 안 보이거든요. 과장 안 하고 눈 감은 거보다 더 어두워요. 햇빛도 달빛보다 어둡게 보일 정도니까요. 그 상태로 눈앞에서 용접이 시작되면 맨눈으론 못 보던 빛 안쪽이 보여요. 그러면 주홍빛 쇳물이 8자를 그리는 손놀림에 맞춰서 왼편에서 오른편으로 옮겨 가죠.

용접, 녹여서 붙인다는 뜻처럼 용접봉이 지난 곳은 열이 식으면서 철과 철 사이 틈새가 메꾸어집니다. 쇠에다 대고 하는 바느질이라고 생각하심 편하실 거예요. 이렇게 메꿔진 흔적을 비드라고 하는데요. 이 비드의 모양으로 용접 실력을 가늠합니다. 좌우 간격이 똑바를수록, 푹 꺼졌거나 위로 볼록하지 않을수록, 눈으로 봤을 때 예쁠수록 '좋은 용접'인 셈이죠. 잘된 용접은 금속판 위에 그린 그림이라 해도 과언이 아닙니다. 그런 점에선 용접공은 예술가와도 닮아 있습니다. 이 좋은 용접을 해내기 위해 지금도 지구촌 곳곳의 용접공들이 불꽃을 튀기고 있을 거예요.

제가 원래 용접을 접하기 전에 의료기기 A/S를 했어요. 이 의료기기라는 물건이요, 제품 특성상 모호한 영역이 참 많거든요. 효능의 인과 증명이 어렵습니다. 쉽게 말해 기계가 약발이 먹혀서 병이 나은 건지, 원래 나을 병이었는데 기계가 약발이 있다고 착각한 건지 알 수가 없다는 거죠. 게다가 의료기기 사용자 대다수가 연세 지긋하신 분들이에요. 자연스레 약장수가 꼬일 수밖에 없는 환경인 거죠. 가끔씩 고장 난 제품 수리하러 출장을 가면, 기가 막혀요. 원장이라는 사람들이 막 이거 차면 살이 빠진다, 항암 효과가 있다, 성욕이 돌아온다, 수명이 늘어난다, 머리카락이 도로 자란다. 진짜 온갖 방법으로 사기를 쳐요. 의사들이 수천 년 동안 쌓아 올린 현대의학을 싹 부정하고 원가 40만 원 수준의 의료기기를 300만 원에 팔아먹죠. 제일 기가 막혔던 건 광선조사기라는 제품 수리할 때였는데요. 이게 미용실에 있는 파마기랑 똑 닮았어요. 기계 안에서 나오는 광선을 얼굴로 쬐는 구조입니다. 이거 수리 요청하신 고객님이 말기암 환자 아버지를 둔 아들이었는데요. 이미 완치 불가 판정을 받은 상황이었죠. 그때부터 아버지께서 계속 이 의료기기에 집착하신다고 했어요. 듣자 하니 팔아먹은 업자가 이 제품을 꾸준히 쓰면 암세포가 타들어 간다고 말했답니다. 기가 막힐 노릇이죠. 이 일하는 동안 사기꾼들 장사에 가담하고 있단 생각에 마음이 참 무거웠어요. 남 속이는 일을 돈 받고 하자니 너무 괴로운 거예요. 반면 용접은 정말 정직한 일이잖아요. 여기까지 생각이 미친 순간, '아, 이거 내 인생 일이다' 느낌이 딱 꽂히더라고요.

*

그래서 용접을 배우기로 했죠. 사비로는 감당이 안 되서 고용노동부 취업 성공 패키지를 통해 학원에 등록했는데요. 원장님이 첫날부터 기를 팍팍 죽였어요. 이제 경남 바닥에서 땜장이 해선 먹고살기 힘들다. 한때는 용접 좀 할 줄 알면 대기업 들어가기 수월했지만 이젠 안 된다. 중공업도 조선소도 상황이 별로 안 좋다. 정말 죽도록 실력 쌓고 들어오는 일 안 가려야 겨우 밥벌이한다. 이렇게 겁만 주시고선 그래도 괜찮겠냐고 하시더라고요. 짧게 대답했죠.

"마, 까이꺼 굶어 죽기야 하겠심니꺼."

원장님은 흡족한 표정을 지으셨죠.

"그래. 용접 이기 돈은 안 되도 손맛은 직인다. 해 보면 재밌을끼라."

그 말씀대로였어요. 진짜 재밌더라고요. 용접 방식마다 작동 방식도 제각기 다르고, 이어 붙여야 하는 금속들마다 성질이 판이해서, 좀 적응됐다 싶으면 다시 난관에 부딪히고 다시 뚫어 내는 맛이 있었어요. 그땐 집안 사정이 말도 안 되게 어려워서 근처 무상급식소를 들락날락하던 때였는데도 늘 들떠 있었죠. 3개월 동안 산업기사 자격증도 무난하게 따고 취업에 성공했답니다.

*

2015년 5월, 용접을 시작한 후 쭉 이쪽 계통 일만 했으니 7년치 짬밥이 쌓였네요. 작년부터 마이크 앞에 설 일이 많아져서 이런 질문을 참 많이 받았어요.

"용접 할 만해요?"

사실 대답하기 참 난감한 질문입니다. 제가 암만 용접의 위대함을 떠들어 본들 세상 사람들 인식이 바뀌지 않음을 알기 때문이에요. 일단 맥락 빼놓고 문자 그대로 질문에 대답하자면 "할 만합니다" 정도네요. 용접이 워낙 3D업종의 대명사로 꼽히다 보니 저도 반죽음을 각오하고 회사에 들어왔거든요. 그런데 의외로 막 힘들진 않았어요. 좀 더 정확하게 묘사하자면 힘듦의 양상이 다릅니다. 건설 막노동이나 택배 상하차는 움직임이 많죠. 골병 나는 일에 속합니다. 이에 비해 용접은 상당히 정적입니다. 피곤하긴 해도 쑤시고 아플 일은 별로 없어요. 길게 보면 둘 다 몸 축나는 건 비슷비슷하지만 하루하루의 피로감이 다르지요. 좀 더 깊숙이 질문을 독해하여 답변하자면 "정말 할 만하지만, 나쁜 시선은 좀 각오하셔야 합니다"예요. 이건 비단 용접뿐만 아니라 필수 노동 전반이 멸시받는 탓이지요. 우리가 성적 안 나오는 학생들더러 자주 하는 말이 뭡니까. "공부 못하면 기술 배워라" 아니겠어요?

옛날 얘기가 아니에요. 2020년에 유명 수학 강사가 방송 중에 그 인식을 고스란히 드러냈죠. 수학 못하면 용접 배워서 저기 호주나 가래요. 물론 전 그분이 왜 용접이란 일을 천시했는지 알 것 같아요. 이분 직업이 사교육 강사잖습니까. 이게 곰곰이 생각해 보면 보험하고 비슷해요. 공포심을 부추겨야 장사가 잘되거든요. 명문대 못 가면 인생 쫑나. 성적 경쟁에서 지면 너도 공장일 따위나 하게 되는 거야. 그분도 이런 소리 들어가면서 공부했을 거고 타인한테 그대로 가르쳤을 거예요. 실제로 이 과정을 통해 본인은 성공한 인생에 안착했으니까요. 스스로 한 말의 문제점을 전혀 모를 수 있다고 봐요.

저는 강사 개인의 처세보단 그 발언에서 느껴진 대학 서열화와 성적 경쟁의 부작용에 주목했습니다. 제 눈엔 사교육과 대학 서열화는 인간의 욕망과 그 욕망의 소산물인 돈이 만들어 낸 결과물로 보였어요. 평등과 이해는 돈이 되지 않잖아요. 돈이 안 되니 가르치지도 않겠지요. 자연스레 학생들도 경쟁 외 다른 가치를 모른 채 어른이 되는 거죠. 이런 악순환의 결과가 인생의 서열화에요. 제각기 사는 방식이 다를 텐데 굳이 순위까지 매겨서 삶의 성공 실패를 정해요.

*

멸시 어린 시선을 받으면서도 용접을 끊을 수 없었던 이유가 꼭 생계 때문만은 아니었어요. 저는 이 일이 아주 근사하다고 생각하거든요. 일단 결과물이 바로바로 눈에 보이잖아요. 내가 제대로 하고 있나? 의심할 필요가 없는 거죠. 글 쓰다 보면 이런 점이 참 답답했거든요. 나름 잘 썼다 싶어서 내보면 반응이 시큰둥해요. 이런 일 몇 번 반복하다 보면 눈앞 원고에 집중을 못 하죠. 용접은 그렇지 않아요. 현재에 온전하게 정신을 쏟아부을 수 있거든요. 용접의 생명인 비드는 운봉이라는 손기술에서 판가름 나요. 운

봉은 용접이 최대한 예쁘게 나올 수 있도록 쇳물을 퍼뜨려 주는 기술이에요. 용접의 목적. 각 금속마다 다른 속성. 금속의 두께와 간격, 위아래 수직 수평 같은 방향까지. 이 모든 변수를 감안해 움직임을 조절하지요. 일류 용접공의 운봉 기술은 시계 장인들의 그 섬세한 손짓과 궤를 같이합니다. 특히 민감한 금속은 과장 없이 0.1초 차이로 쇳물이 덜 녹아 용접이 안 되거나, 과열로 인해 철판에 구멍이 뚫려요. 이런 재료는 용접하기 진짜 피곤해요. 장갑을 집어 던지고 욕도 하고 한숨도 쉬죠. 그런데 동시에 호승심이 막 생겨요. 여러분들은 혹시 어려운 게임에 도전하신 적 있나요? 예컨대 이미 블록이 2/3 정도 차 있는 테트리스를 하다 보면 정말 짜증이 나지만 깨고 싶은 욕망도 생기잖아요. 제겐 용접은 그런 어려운 게임인 셈이죠.

　게다가 어디에나 다 쓰인다는 점도 맘에 들었어요. 밖으로 나와서 잠깐만 둘러봐도 용접이 안 들어간 사물이 거의 없잖아요. 가로등이며 신호등, 수많은 자동차와 빽빽한 빌딩 안쪽, 지하철의 몸체와 그 아래 깔린 레일까지 말이죠. 그야말로 우리의 일상에 녹아 있는 일입니다. 제가 지하철 제조 전문업체 하청에서 잠깐 일했는데요. 거긴 본사가 창원이라 우리가 만든 물건이 어떻게 쓰이는지 잘 몰라요. 창원엔 지하철이 없거든요. 일상에서 내가 만든 물건을 볼 수가 없죠. 그러다 서울에서 지하철을 탄 순간, 알게 됐죠. 객

차 맨 앞과 뒤 칸이 짧았던 이유는 노약자석 때문이었구나. 출입문 바로 위에 공간이 비었던 이유는 역 안내 표지판이 붙기 때문이구나. 검사원이 천장에 붙는 파이프 용접이 중요하다고 자꾸 강조한 이유는 손잡이가 달리기 때문이었구나. 남들은 알 리 없는 고생의 이유가 눈에 밟히더군요. 제가 만든 물건이 오롯하게 제 역할 다하는 모습에 뿌듯했어요.

*

지금 우리가 누리는 대다수 시설과 그로 인한 편의는 용접 없이 성립할 수가 없어요. 누군가는 반드시 용접을 해야 한다는 거죠. 하지만 한국은 이런 필수 노동을 존중하지 않아요. '시장 가치가 적은 일이니까 대우를 그만큼밖에 못 받는 건 합당해'라는 경영자의 시선에 모두가 익숙한 상태지요.

간단한 상상을 해 보자고요. 배관공이 하루만 없어져도 화장실에서 못 볼 꼴 다 볼 겁니다. 불금 다음 날 일하는 청소 노동자가 없다면 거리는 널찍한 쓰레기장으로 변하죠. 전국 간호사들이 단 하루만 일을 안 하면 죽음으로 넘실대는 나라가 될 겁니다. 우리가 살아가는데 꼭 필요한 일은 시장 가치가 아니라, 중요성과 필수성만큼의 대우와 존중을 받아야 해요. 그런 세상이 되어야만 비로소 그 누구도 "수학 못하면 용접이나 배워!" 같은 소리는 하지 않을 거예요.

*

용접 관련해서 열렬히 떠들다 보니 무슨 노동 운동가처럼 글을 썼네요. 근데 사실, 제가 하는 일은 용접 하나만이 아닙니다. 글 쓰는 일도 겸하고 있죠. 제 발언이 뉴스를 타서 얼굴이 알려진 이후로는 글 쪽의 비중이 더 커지고 있고요. 이 글이 책의 형식으로 세상에 나갈 쯤엔 미디어 스타트업에서 일하고 있을 거예요. 공장 노동 11년 차에서 1년 만에 칼럼니스트, 작가를 거쳐 신입 언론인까지. 이례 중에서도 이례죠. 이쯤 해서 독자님들께 질문 하나 던져 볼게요.

'일'이란 과연 뭘까요?

각자 다른 대답을 내놓으시겠지만, 본질은 모두 똑같을 겁니다. 노동력과 시간을 돈으로 교환하는 행위죠. 덕분에 글쓰기는 일의 범주에 집어넣기 참 난감해요. 제아무리 열심히 잘 만든 작품도 대중의 선택을 받지 못하면 땡전 한 푼도 못 받습니다. 내 노동력의 가치가 시장이 아닌, 소비자 개개인에 달렸다는 이 일의 특성 때문에 정답을 두고 설왕설래가 자주 오갑니다. 취미와 일의 경계선을 논하고, 대중성 대 상업성의 구도로 해석 투쟁을 벌이기도 하지요. 저는 서른두 살 먹을 때까지 단 한 번도 글쓰기로 성공의 쾌거를 경험하지 못했어요. 상을 타고, 유료 연재를 하며 몇 번의 국지전에서 승리하긴 했지만 딱 거기까지였죠. 먹고 살 수 있을 정도엔 언제나 못 미쳤어요. 아무리 열심히 써도 제게 글은 일이 될 순 없었던 겁니다.

*

어릴 적 꿈은 소설가였어요. 글도 꾸준히 썼죠. 하지만 10년 동안 공모전 전적은 0승 17패. 실패를 거듭하면 할수록 글쓰기와의 관계는 점차 열애에서 권태기로 바뀌더군요. 용접일 하면서 소설 쓰는 일은 거의 놓다시피 했어요. 오히려 소설이란 틀에서 벗어나고 보니 글 기술을 발휘할 곳이 많이 보이더군요. 특히 친구들 자소서 손볼 일이 많았죠. 친구들이 제가 첨삭한 자소서로 대기업에 입사했을 땐 참 뿌듯했어요.

좀 독특하게 실력을 발휘한 적도 있었는데요. 용접공으로 근무하던 시절, 회사에서 정직원 아저씨들한테 독후감을 쓰랍시고 책 한 권 덜렁 던져 줬어요. 평생 쇳밥 먹던 아재들더러 갑자기 글 써서 제출하라니 현장 분위기가 착 가라앉았죠. 그때 제가 독후감을 대필해 드렸어요. 덕분에 두고두고 회사 생활을 편하게 했죠. 그때 들었던 이야기가,

"글 잘 쓰는데 이 재주로 뭐라도 해 보지"였어요. 공모전 떨어진 직후라 마냥 기분 좋은 칭찬은 아니었습니다만, 글 기술이 얼추 숙달됐다는 느낌은 받았죠. 빅데이터 시각화 자료처럼 어지러이 놓인 단어를 하나씩 집어서 문장을 만들고, 울퉁불퉁한 문장을 다듬어 매끈한 문단을 만들고, 그 문단으로 글이란 완성품까지 도달합니다. 그 공정이 마치 조선소에서 소조, 중조, 대조로 크기를 불려 나가는 블록 작업처럼 체계화되어 있던 거죠. 나중에 알고 보니 이런 걸 글 근육이라고 하더군요. 꾸준히 쌓아 놓은 글 근육은 글쓰기 시작한 지 18년 만에 빛을 봤어요.

2021년 4월에 지방 보궐선거가 있었죠? 당시 20대 남성이 보수 야당에 거의 몰표를 주다시피 했어요. 여당 지지자 분들이 투표 결과를 놓고 제 마음대로 20대 남성을 재단하더군. 젊은 친구들 말 좀 들어 보자고 얘기하는 분들도 결국 수도권 대학생들만 예시로 들었죠. 지금껏 제가 함께했던 수많은 동갑내기의 목소리는 바깥에 전혀 닿지 않았어요. 한쪽에선 공정론, 한탕주의, 일베와 펨코, 안티 페미니즘이란 문자로 20대 남성을 깔아뭉개고, 다른 한쪽에선 능력주의를 비판하면서 정작 4년제 대학생들 어려운 사정만 주구장창 늘어놓더군요. 그런 글들만 보다 보니 하도 화딱지가 나서 페이스북에 글 하나를 띄웠어요. 최하층 노동 시장에서 허우적대는 청년들이 어떻게 사는지, 어째서 현재가 암울하며 미래는 없는지, 우리가 진정 바라는 게 뭔지를 썼어요. 별생각 없이 쓴 글인데 엄청나게 공유가 됐더라고요. 갑자기 이곳저곳에서 원고 요청이 들어왔어요. 아무래도 글 쓰는 노동자가 흔치 않은 탓이었겠죠. 그렇게 정말 느닷없이 글쓰기가 일이 됐어요.

*

시작은 메디치미디어의 인터넷 매체인 〈피렌체의 식탁〉 칼럼이었습니다. 주제는 중공업 현장의 문제점이었죠. 주로 사회에서 이름난 분들께서 투고하던 매체이고, 독자들도 수도권 중산층이 많아 엄청 보수적으로 글을 썼어요. 말 그대로 충실한 정론직필이었죠. 문장 기교를 부릴 여지가 없는 반면 문제점은 날카롭고 깊숙이 파고들어야 했어요. 편집 또한 기성언론 출신 편집자를 거쳐서 네다섯 번씩 보곤 했죠. 부담 안 느꼈다면 거짓말입니다. 소설과 칼럼은 한글 문자란 표현 방식만 공유할 뿐 세부 사항은 달라도 너무 다르더군요. 어깨에 짊어진 책임감의 무게가 확 와닿더라고요. 소설은 허구지만 칼럼은 현실이잖아요. 더군다나 공장 다니며 글 쓰는 칼럼니스트가 저 하나뿐이었으니 교차 검증도 못해요. 제가 잘못 쓴 한 문장 때문에 현장 전체가 오해받을 수 있으니까요. 원고 쓰는 도중에도 고민이 끊이질 않았어요. 이 글이 정말로 필요한 글인가. 현장을 정확하게 반영했나. 인용한 통계며 논문은 정확한가. 날것 그대로 쓴 부분이 독자들에게 거부감을 주진 않는가. 머릿속에서 생각의 마라톤을 이어가며 한 글자씩 써 나갔죠. 글로 녹일 만한 주제를 찾는 일도 힘들었어요. 인터넷 매체라 지면 제한이 없어 분량을 넉넉히 준비해야 했거든요. 최소 5천 자 이상 써야 하는데 사소한 걸 다룰 순 없잖아요. 현장에서 일하는 내내 괜찮은 아이템 찾으려 촉각을 곤두세웠습니다. 마침 코로나19 때문에 회식도 없어서 소재 찾기가 진짜 힘들었어요. 쉬는 시간만 되면 담배도 안 피우면서 흡연구역 근처를 얼쩡대며 오가는 얘기를 들었죠. 퇴근하시는 회사 식당 종업원 누님들, 교대 경비 보는 형님들 붙잡고 무작정 인터뷰도 했고요. 돌이켜 보면 그야말로 신문 기자의 사명감과 마음가짐으로 썼어요. 현장 이야기를 관료며 정치인들에게 전달할 수 있는 기회가 흔치 않았으니까요. 다행히 고생이 헛되진 않았어요. 여러 곳에 인용도 됐고 당시 경기도지사였던 이재명 전 대선 후보의 전화도 받았답니다. 그야말로 특별한 경험이었죠.

〈피렌체의 식탁〉 칼럼이 쓰는 내내 긴장을 유지했다면, 가장 즐겁게 쓴 칼럼은 〈주간경향〉의 '쇳밥일지'였어요. 사실 연재 확정 전까지 긴가민가했습니다. 〈주간경향〉에선 공장 현장 노동자의 생생한 경험담을 원했는데, 도무지 이해가 안 가는 요구였거든요. 공장일 오래 하다 보면 자존감에 상처를 많이 입어요. 멸시하는 시선과 마주하지 않을 수 없거든요. 저 같은 하청 노동자는 결혼식이나 동창회에 가면 늘 고개 숙이고 다녀요. 우린 명문대 졸업한 친구들, 사업 성공한 친구들, 공무원이며 대기업 들어간 친구들의 들러리였으니까요. 그렇다고 인터넷은 어디 안전한가요? 어느 커뮤니티건 간에 공장 다닌다고 하면 사람 취급을 안 해 줘요. 이렇듯 어디서나 장외 인간 취급받던 제 경험담이 귀하다고 하니 믿음이 안 갔죠. 기자님들과 미팅하면서 "아니 진짜 이런 걸 궁금해한다고요?"란 질문만 열 번은 한 것 같네요. 그때마다 "이거 진짜 먹힌다니까요!"라는 대답이 돌아왔죠. 반신반의하다가 결국 한번 써 보자고 결정했어요.

*

'쇳밥일지'를 쓰는 건 어렵지 않았어요. 제겐 일기 쓰는 버릇이 있었거든요. 소설 공부에 좋다고 해서 꾸준히 썼던 글이 이렇게 밑천이 될 줄 몰랐죠. 물론 괴발개발로 휘갈겨 쓴 터라 원본 그대로를 녹여 낼 순 없었고, 감정 변화의 흐름과 중요한 사건만 따서 재구성했어요. 편집 쪽 눈치 안 보고 칼럼 이름부터 제목까지 제 색깔을 몽땅 갖다 퍼부

었습니다. 그 결과 칼럼보단 소설에 더 가까운 형식의 기묘한 물건이 탄생했지요. 결과물의 반응이 좋은지 나쁜지는 알 도리가 없었어요. 사이트 내 순위는 늘 높게 나왔지만, 댓글이 거의 없어서 정확한 피드백을 못 받았거든요. 이후 KBS 〈시사기획 창〉에 출연한 이후 방송이나 강연에 불려 갈 일이 여럿 생겼어요. 그때 뵌 분들 대다수가 '쇳밥일지'를 먼저 언급하시더라고요. 근데 여기서 만난 분들이 보통 교수, 정치인, 방송 기자, 국책 연구원이었어요. 이때 머릿속에서 퍼즐이 딱 맞아떨어지더라고요. 기자님들이 말한 '진짜 먹히는' 대상은 저와 다른 분야에서 일하는 분들이었던 거죠.

*

제가 겪던 세상이 얼마나 좁은지 체감했을 무렵, 페이스북으로 메시지가 하나 왔어요. '쇳밥일지'를 포맷으로 한 출판 제안이었습니다. 받고난 직후엔 기쁘기보단 심란했어요. 인생이란 과연 무엇일까. 몇 시간을 고민했죠. 왜냐면, 그 출판사가 제 삶에서 가장 창작욕이 타오르던 시기에, 두 번이나 공모전에 도전해 탈락한 곳이었으니까요. 노력과 열정을 내려놓았을 때 비로소 꿈이 이루어지다니, 인생이 참 얄궂다고 생각했어요. 어쩌다 이런 행운이 굴러들어 왔나 생각하다 문득 '쇳밥일지'가 저만이 쓸 수 있는 이야기여서가 아니었을까, 하는 결론에 도달했죠. 재미없는 공장 얘기를 읽을 만한 글로 만들 수 있는 사람은 거의 없었으니까요.

출판사에서 제시한 글자 수는 200자 원고지 700~800매 사이였어요. 장편소설 분량 정도 되겠더군요. 처음엔 신이 나서 썼어요. 어차피 칼럼 내용과도 겹치니 한 달이면 뚝딱 다 쓸 듯했죠. 그렇게 250매까지 쭉쭉 치고 나가다 중턱쯤 도착하니 힘이 훅 빠지더군요. 하루 천 자 쓰기도 참 힘들었어요. 진도가 안 빠지니 뒤를 돌아보게 되고, 뒤돌아보니 썼던 내용이 마음에 안 들고, 마음에 안 들어서 고치다 보니 앞뒤가 달라지고. 그야말로 악순환의 강강술래였죠. 무엇보다 힘에 부쳤어요. 새벽 5시 40분에 일어나 용접하다가 저녁 7시에 귀가해 글 쓰는 일상을 열정만으로 유지할 수가 없더라고요. 고민 끝에 회사를 나와 옛 회사의 용접 땜빵 알바로 전환했어요. 문자 그대로 땜빵이라 일주일에 한 번도 안 부를 때도 있었고 7일 내내 만근할 때도 있었죠. 언제 출근할지 모르다 보니 쉴 때 후다닥 쓰는 버릇이 들게 되더라고요.

'쇳밥일지' 책 작업은 〈주간경향〉 칼럼을 에세이 형식으로 바꾸는 과정이었어요. 칼럼은 사회에 던지는 메시지예요. 글쓴이 개인의 생각보다 글쓴이가 겪어 온 현상이 주제가 되죠. 이야기의 주체도 '용접공 천현우'가 아니라 용접공 천현우가 거쳐 온 '제조업 현장'이 됩니다. 표현과 언어는 너무 거칠어선 안 되고, 최대한 정치 중립적이어야만 하며, 혐오와 차별 또한 노골적으로 묘사하지 못합니다. 당연한 원칙이지만 글쓴이로선 줄곧 아쉬웠어요. 제가 살아 견뎌 온 가난, 제조업과 경남 지방의 남초 문화, 그 거칠고 눅눅한 세계를 언론의 매끈한 언어로는 제대로 묘사할 수가 없었거든요. 연필로 그릴 그림을 샤프로 그려야 하는 느낌이었죠. 에세이는 이런 언어의 제약에서 상당히 자유로웠어요. 덕분에 이성의 벨트를 살짝 느슨하게 풀고 이야기를 써 내려갈 수 있었죠.

그렇게 일기와 기억 사이에서 과거를 훑어 내리는 동안 생소한 경험을 했어요. 머릿속에서 해석 투쟁이 계속 일어나더라고요. 기록으로 남긴 당시의 감정. 기록을 바라보는 지금의 생각. 과연 어느 쪽이 사실에 더 근접한 걸까? 고민이 끊이질 않았어요. 택배 물류센터에서 일하는 느낌이었어요. 컨베이어 벨트 위에 올라간 고민이란 화물을 덜어내고 또 덜어내도 끝이 없었죠. 그렇다고 '그땐 그랬지' 하고 대충 넘어가면 좋은 문장이 나오질 않더라고요.

*

한창 글이 막힐 때쯤 용접 알바하러 현장에 나갔어요. 근데 이번 제품이 용접하기에 참 고약하더라고요. 인셉션 팽이를 똑 닮은 스테인리스 부품이었는데요. 크기도 작은 데다가 열을 조금만 오래 가해도 휘어서 용광로에 반납해야 하는 불량품이 돼요. 심지어 가격도 엄청 비쌉니다! 두 개만 실수해도 제 일당이 날아갈 정도였으니까요. 단숨에 제품 사이를 메꾸고 식혔다가, 또 단숨에 용접하길 반복할 수밖에 없었어요. 오기가 생겨 가지곤 날 넘겨서까지 일하다가 잠깐 부스 밖으로 나왔죠. 그때가 한참 가을이었는데 바람도 선선하고 달도 밝아서 한창 새벽 감성에 젖었다가 문득 그런 생각이 들었어요.

'이 일, 글쓰기랑 너무 비슷하지 않나?'

*

도무지 차질 않는 흰 지면을 꾸역꾸역 메꾸어 나가는 과정이, 엄지손가락 절반만 한 이음 틈새를 힘겹게 메꾸어 나가는 지금과 너무나도 닮아 있는 거예요. 순간 지끈대던 머릿속이 맑아지면서 깨달음을 얻었죠. 그렇구나, 용접도 글쓰기도 본질은 '메꾸어 나가는 것'이었구나. 여기까지 생각이 미치고 나니 꽤 후련해지더군요.

정말 많은 분이 물어보세요. "용접하면서 글 쓰는 일 힘들지 않냐?" 에이, 설마 안 힘들겠어요. 둘 다 일이라고 생각하면 저도 감당 못하죠. 단지 용접이든 글이든 뭐 하나는 반드시 놀이로 생각했어요. 글쓰기 비중 높아지면 용접이 놀이고, 용접 비중 높아지면 글쓰기가 놀이죠. 둘 다 직업인이란 생각으로 임하기엔 제 깜냥이 따라가질 않더라고요. 덕분에 돈 벌 기회를 종종 놓쳤지만 아깝게 생각하지 않기로 했어요. 제가 생각하는 일의 본질은 돈이 아니라 잘하고자 하는 마음이니까요. 무엇이든 무리하지 않고 꾸준히 조금씩 메꾸어 나가다 보면 기술이 야금야금 늘어나요. 그러면서 좀 더 큰일에 도전하고, 크고 작은 성공과 실패를 겪으면서 성장해 나가는 거죠. 제게 일이란 자기 갱신입니다. 꾸준하게 전진하며 지나온 길을 메꾸어 나가는 거죠. 때론 잠깐 후퇴해야 할 때도 있지만 지속 발전이란 전제는 변하지 않습니다. 뭐든 나아지는 모습이 있어야 일을 계속할 동기가 되니까요.

물론 이렇게 단호하게 말할 수 있기까지 마음고생이 참 많았어요. 사실 실력이 늘어나도 일터에서의 대우가 좋아진다는 확신이 없잖아요. 뭣보다 우리 2030세대는 아주 심각해진 불평등을, 아주 쉽게 체감할 수 있는 세상에서 살아가요. TV며 SNS엔 나 빼고 모두가 자기 삶을 멀쩡히 잘 살아내는 것처럼 보이죠. 현실에 거의 없는 예쁘장한 남녀들끼리 맨날 맛있는 음식과 멋들어진 여행지 사진을 올려요. 대학 서열을 매기고 연봉을 자랑하며 외제차 키와 통장 잔액을 인증하죠. 열심히 일할 의욕이 뚝 떨어져요. 노력하면 뭣하나요? 저 사람들처럼 될 수 없을 텐데. 저 사람들이 누리는 행복은 제가 갇힌 평범의 울타리 바깥에 전시되어 있는데. 근데 이런 생각은 결국 비교에 불과해요. 비교는 위안거리가 될 순 있어도 실제 삶엔 아무 영향을 줄 수 없어요. 심지어 지나친 비교는 냉소를 수반하기 마련이죠. 냉소에 빠지면 의욕을 잃고 성장도 더뎌져요. 저 역시 20대 초반을 냉소로 보냈고 하루하루 변화를 체감하지 못하며 살아왔어요. 그러다 용접을 접했고, 제 일을 사랑하게 됐고, 그제야 비로소 제 삶을 향한 냉소에서 벗어났어요. 잘하고 싶은 게 생기니 자연스레 타인과 비교를 안 하게 되더라고요.

물론 자기 일을 사랑한다는 게 말처럼 쉽진 않아요. 저라고 언제나 땀 뻘뻘 흐르고 몸 축나는 일이, 모니터 앞에 앉아 글을 짜내는 일이 즐거울 리 없죠. 힘들 때가 더 많아요. 하지만 성장이란 무릇 성장통을 동반하는 것 아니겠습니까? 제가 근력 운동을 한 지 4년 차인데요. 처음에 운동할 땐 너무 고통스러웠어요. 운동할 때 힘든 것도 힘든 거지만 몸이 축 처져서 다음 날 일정까지 지장이 생겼죠.

헬스장 등록하고 한 달 하다 때려치우기 부지기수였어요. 그러다 같이 일하던 외국인 형한테 붙들려서 강제로 헬스를 시작하게 됐는데요. 눈 딱 감고 반 년 동안 꾸준히 하니 몸태가 확 달라져 있더군요. 거울을 보면 흐뭇해서 좋고, 건강해지니 더 좋고, 심지어 남들이 좋게 봐주니 정말 좋더라고요. 그때부터 운동 자체를 즐기기 시작했죠.

저는 독자 여러분께서 자기 일을 사랑하셨으면 해요. 일을 사랑하고 나면, '일이란 그저 먹고살기 위해 하는 행위'란 강박관념에서 조금이나마 해방되실 거예요. 무엇보다 노동의 고됨이 성장의 즐거움으로 바뀌었으면 해요. 시간이 지나 자신을 메꾸어 나갔던 과정을 되돌아보면 무척 흐뭇하거든요. 독자님들께서도 이 성취감을 만끽할 수 있었으면 해요. 우리 함께 천천히, 확실하게 메꾸어 나가봅시다!

12:00

일하기
싫은 자의
일 이야기

하완

하완

본업은 그림 그리는 사람인데 어쩌다 보니 글도 쓰고 있습니다. 일 하나가 더 느는 김에 그림과 글로 할 수 있는 다양한 일을 모색 중입니다. 책 《가시소년》, 《어린이에게 일을 시키는 건 반칙이에요》, 《시인을 만나다》, 《은둔의 즐거움》 등에 그림을 그렸고, 에세이 《하마터면 열심히 살 뻔했다》, 《저는 측면이 좀 더 낫습니다만》을 썼습니다.

의뢰인

처음 이 책의 원고 제안을 받았을 땐 당연히 거절할 생각이었다. 이유는 아주 단순하다. 일하기 싫으니까. 내게 일하는 시간은 버티는 시간이다. 싫어도 해야 하는, 빼앗긴 시간 같은 거랄까. 그래서인지 웬만해선 일할 마음이 들지 않는다. 나는 돈보다 자유를 원한다. 버티는 삶이 아닌 진짜 내 삶을 살고 싶다. 나의 시간을 오롯이 나를 위해 쓰고 싶다. 그러기 위해선 일하는 시간을 줄여야 한다. 아니, 줄이는 것으론 부족하다.

아예 일하지 않는 것, 그래 그게 나의 꿈이다. 이런 생각을 가지고 사는 인간에게 일에 대한 글을 써 달라니, 이무슨 '탄산 없는 탄산수 주세요' 같은 이상한 주문이란 말인가? 아무래도 제대로 넣은 주문은 아니지 싶었지만 그래도 얘기는 들어보고 거절하자는 생각에 편집자를 만나기로 했다.

제대로 된 일 얘기를 들으려면 일 잘하는 사람을 찾아가야지 왜 나를 찾아왔냐는 질문에 편집자는 이렇게 답했다. 모두가 인정하는 커리어를 가진 사람에게선 배울 것이 많겠지만 그보다 더 궁금한 건 평범한 사람들이 일하며 느끼는 마음에 대한 이야기라고 했다. 오늘도 일 때문에 울고 웃는 보통 사람들의 이야기 말이다. 그런 의미에서 일하기 싫어하는 작가님의 마음은 우리 모두의 마음과 크게 다르지 않으니 꼭 듣고 싶다고.

아아, 설득당했다(나는 귀가 좀 얇은 편이다). 편집자는 계획이 다 있구나! "그런 의도라면 잘 찾아오셨습니다. 저만큼 일하기 싫어하는 사람도 찾기 힘들죠." 그렇게 나는 이 책에 참여하게 됐다.

일하지 않는 마음

마흔이 되던 해, 커다란 심경의 변화가 찾아왔다. 열심히 살아도 달라지지 않는 삶에 지쳐 '이제부터 열심히 살지 않을 거야!'라고 다짐한 것이다.

우선 퇴사를 했다. 그리고 그냥 놀았다. 일을 안 하고 노는 기분은 한마디로 음…… 짱이다! 내 삶을 온전히 되찾는 것 같았다. 약간의 불안이 있긴 했지만 일하지 않는 삶에 대한 만족감이 불안보다 더 컸다. 온라인 공간에 나의 이야기를 연재하기 시작한 건 단순히 그 행복을 기록하고 나누고 싶어서였다. 그런데 운이 좋았던 걸까. 그게 책으로 출간되기까지 했다. 책을 쓰려고 한 게 아니었는데, 집필부터 출간까지 순풍에 돛을 단 배처럼 순조롭게 흘러갔다.

책이 나오기 전의 계획은 나에게 주는 방학이라 여기고 딱 1년만 놀 생각이었다. 그런데 출간된 책의 반응이 심상치 않았다. 베스트셀러…… 난 이 단어를 오랫동안 내 입으로 말하지 못했다. 왠지 나 같은 인간이 받아선 안 되는 과분한 타이틀 같아서. 하지만 이제는 당당히 말할 수 있다. 많이 팔린 건 사실이고, 뭐 이젠 시간의 흐름에 잊혀져 가는 과거의 일이 돼 버렸으니까. 아무튼.

베스트셀러가 됐다고 평생 놀고먹을 수 있는 돈이 들어오는 건 아니었다. 그 점이 참 아쉽긴 한데 그래도 내가 몇 년을 일해야 벌 수 있는 정도의 큰돈이 들어온 건 사실이었다. 이 큰돈을 어디에 쓸까? 고민은 잠깐이었다. 사실 어디에 써야 할지는 이미 정해져 있었다. 지금의 이 방학을, 진짜 내 삶을 늘리는 거다. 이 돈이면 앞으로 몇 년 동안은 일하지 않아도 된다. 그렇게 또다시 나는 돈을 까먹으며 몇 년째 놀고 있다. 참 아름다운 이야기이지 않은가.

*

원래 나는 일이 거의 없는 무명의 일러스트레이터였는데, 베스트셀러가 된 에세이 덕분에 주목을 받으면서 여기저기서 일감이 쏟아졌다. 사람들은 이걸 물이 들어왔다고 표현했다. 그 말이 맞다. 기회였다. 돈을 더 벌고, 커리어를 쌓고, 이름을 널리 알릴 기회. 이때다 싶어 노를 저어야 했지만 나는 노를 잃어버린 사람처럼 거절하고 거절하고 또 거절했다. 노를 젓고 싶지 않았다. 그저 이렇게 들어오는 물

위에서 둥둥 떠다니고만 싶었다.

돌이켜 생각해보면 태어나서 그렇게 많은 의뢰를 받은 것도, 그렇게 많이 거절해 본 것도 처음이었다. 정말 이래도 되나 싶은 걱정도 있었지만 일단은 마음이 시키는 대로 했다.

'하기 싫으면 하지 말자.'

아, 물론 사람이 하고 싶은 일만 하며 살 수 없다는 걸잘 알고 있다. 문제는 하고 싶은 건 거의 못 하고 하기 싫은 것만 잔뜩 하며 살게 되는 데 있다. 슬프지만 먹고살려면 어쩔 수 없는 일이다. 어쩔 수 없다. 어쩔 수 없다. 어쩔 수 없다…….

그 부분이 나를 미치게 한다. 어쩔 수 없다는 무력감. 벗어날 수 없는 굴레. 나에게 일이란 애초에 거부권이 주어지지 않은 형벌처럼 느껴졌다. 그건 나만의 느낌은 아닐 거다. 우리 모두가 일을 하면서 한 번쯤은 느끼는, 그러니까아주 환장할 느낌이다.

우리의 조상 또한 그런 기분을 느끼며 살았던 것 같다. 기록으로 남겨진 가장 오래된 신화인 수메르 신화엔 이런 이야기가 나온다. 처음 만들어진 세상은 신들이 사는 곳이었다. 신도 계급이 나누어져 있어서 상급 신들은 일하지 않았고 하급 신들은 고된 노동을 해야 했다. 오랜 세월 중 노동에 시달리던 하급 신들은 참다못해 반란을 일으킨다. 상급 신들은 이 반란을 수습하기 위해 하급 신들의 노동을 대신할 존재를 만들게 되는데…… 그게 바로 인간이다.

그렇다. 수메르 신화에 따르면 인간은 노동을 위해 태어난 존재다. 이쯤에서 욕을 안 할 수가 없다. 갓 뎀 잇! 그렇게 인간은 주어진 본분대로 쉬지 않고 일을 했다. 그러다 인간들 역시 극심한 노동에 불만을 터뜨렸고, 이를 못마땅하게 여긴 신들은 큰 홍수로 인간들을 쓸어버리기에 이른다. 진짜 해도 해도 너무하지 않은가?

잠시 마음을 가라앉히고, 뭐 신화는 신화일 뿐이니까. 그러나 이 신화를 통해 4800년 전 사람들 역시 노동에서 벗어날 수 없는 자신들의 운명에 괴로워했다는 걸 엿볼 수 있다. 몇천 년이 지난 현재의 인간도 똑같은 신세라는 게 참……. 그래도 조금 위로가 되는 부분이 있다면 동서고금을 막론하고 일은 힘든 것이며 가능하다면 안 하고 싶은 거라는 사실이다. 지금 우리가 일하기 싫어하는 건 잘못된 마음이 아니다. 게을러서가 아니다. 전지전능한 신神도 일하기 싫어했다는 걸 잊지 말자. 하물며 인간인 우리는 어떻겠는가.

좋아하는 일을 찾아서

솔직히 고백하자면 물밀 듯 들어오는 일들을 모조리 거절하면서 알 수 없는 희열을 느꼈다. 하기 싫은 일을 하지 않을 수 있다니! 그건 권력이었다. 살면서 처음으로 내게 선택할 수 있는 권리가 주어진 것 같은 기분이었다. 주도권을 가지고 살아가는 기분, 진정한 내 삶을 살고 있다는 기분 말이다. 나는 이제 노예가 아닌 자유인이다(도비 이즈 프리!). 지금 이 순간은 신도 내게 일을 시킬 수 없다. 내게 일을 시킬 수 있는 존재는 오직 나 자신뿐.

가끔, 아주 가끔 재밌어 보이는 의뢰도 있었다. 흥미가 생기는 일이라면 과감히 수락했다. 조금 뻔한 이야기일 수도 있지만, 그렇게 하게 된 일은 일처럼 느껴지지 않았다. 내가 하고 싶어서 한 일이니까 즐거운 마음이 더 컸다. 물론 하고 싶어 한 일이라도 힘든 점이 없는 건 아니었다. 일정 수준 이상의 결과를 내야 하는 모든 일은 스트레스를 동반한다. 지금 쓰고 있는 이 원고도 그렇다. '으악. 괜히 한다고 했어!' 머리를 쥐어뜯으며 후회하는 중이다. 그럼에도 불구하고 대체로 즐겁다. 괴로움보다는 어떻게든 이어려움을 이겨내고 만족할 만한 결과를 내고 싶은 열망이 더 크다.

억지로 하는 일과 내가 좋아서 한 일은 이렇게나 큰 차이가 있다. 이런 선택을 계속할 수만 있다면, 어쩌면 일은 할 만한 것일지도 모른다는 생각이 들었다. 하지만 현실적으로 그게 정말로 힘들다는 것도 안다. 그렇기에 여기서 자연스럽게 이런 질문이 떠오를 수밖에. 애초에 '좋아하는 일'을 업으로 삼으면 '즐거운 마음'으로 일할 수 있지 않을까?

*

평생 좋아하는 일을 찾아다녔다. 내가 이토록 일하기 싫어하는 이유는 아직 좋아하는 일을 찾지 못해서라고 생각했다. 진짜 좋아하는 일을 찾으면 열정을 다해 일할 수 있을 거라고, 지금처럼 마지못해 일하는 건 아닐 거라고 말이다. 그런데 어찌 된 영문인지 하고 싶은 일은 찾을 수가 없었고, 결국 좋아하는 일을 찾는 걸 그만두었다.

좋아하는 일을 찾으려 노력했던 것은 나에 대한 내 스스로의 오해에서부터 비롯됐다고 생각한다. 남들도 그러니까 나도 그럴 것이란 오해. 나는 좀처럼 일을 좋아할 수 없었다. 일 자체를 좋아하지 않으니 좋아하는 일이 있을 리 만무했다. 그것은 '당근은 싫지만, 어딘가엔 내가 좋아하는 당근이 있을 거야' 같은 허망한 바람이 아니었을까 싶다. 좋아하는 '것'은 있을 수 있지만, 좋아하는 '일'은 있기도, 찾기도 힘든 것 같다.

　일이란 기본적으로 돈벌이가 돼야 하고 그 돈으로 생계 유지가 가능해야 한다. 그 기본조건이 나의 정신과 마음을 강력하게 지배하고 있다. 돈을 벌어야 한다는 전제조건이 붙는 순간, 순수한 마음으로 무언가를 좋아할 수 없었다. 좋아하는 일을 찾지 못했다고 했지만, 솔직히 끌리는 일이 여럿 있었던 것도 사실이다. 하지만 그런 마음도 '생계를 유지할 수 있는가'라는 질문 앞에서 싸늘하게 식어버렸다. 겁이 많은 탓인지 열정이 부족한 탓인지 정확하게 알 수는 없지만, 나는 그랬다. 그러니까 돈벌이가 되지 않아도 그냥 좋다는 마음 하나로 춤을 추거나 노래를 부르는 일을 업으로 삼는 일은 내게 일어나지 않는다는 얘기다. 물론 돈과 상관없이 일과 사랑에 빠지는 사람도 있다. 나 역시 그런 삶을 동경했지만, 나는 아니었다. 이 부분에서 나 자신에게 크게 실망할 수밖에 없었다. 낭만이 없달까. 조건을 따지지 않고 뛰어드는 무모함과 열정이 왜 내겐 없단 말인가. 하지만 어쩌겠는가, 내가 그렇게 생겨먹은 것을.

　소설가 김영하는 어느 방송에서 이런 얘기를 했다. 가슴 뛰는 일을 하라는 얘기를 많이들 하는데 자신은 그렇게 생각하지 않는다고. 가슴 뛰는 일을 하다가 나중에 가슴이 안 뛰면 어떡하냐는 거다. 실제로 너무 하고 싶었던 일인데 막상 하고 보니 별로라고 느끼기도 하니까. 사람의 마음은 변덕스럽다. 좋아하는 게 수시로 바뀐다. 아! 그래서 가슴 뛰는 일보다는 잘하는 일을 해야 한다고 얘기했구나. 아, 그렇구나. 오랜 고민이 말끔히 씻겨 내려가는 듯 명쾌한 말씀이다. 그런데 여기서 의문 하나, 내가 뭘 잘하는지 모르면 어떡하죠? 가만 생각해보면 잘하는 게 없는 것도 같고…….

잘하는 일=나에게 맞는 일

잘하는 일이란 단순히 타고난 재능이나 재주만을 뜻하는 건 아닌 것 같다. 내 직업이기도 한 일러스트레이터를 예로 들면, 그림만 잘 그리면 아무 문제가 없을 것 같지만 사실 그렇지가 않다. 해가 지날수록 일러스트레이터에게 요구되는 능력이 그림에 대한 재능만은 아니라는 생각을 하게 된다. 기본적으로 그림을 잘 그려야겠지만 그만큼 중요한 건 클라이언트가 원하는 걸 잘 읽어 내는 능력이다. 상대의 의도를 이해했다 생각하고 작업을 진행했는데, 상대가 원한 게 아닌 경우가 꽤 많다. 혹은 본인이 무엇을 원하는지 모르는 클라이언트도 있고. 그래서 이 일을 잘하려면 커뮤니케이션 능력이 무엇보다 중요하다. 그 밖에도 글을 읽고 해석하는 능력, 상대에게 최대한 맞추려는 서비스 정신, 계속되는 수정 요구에도 상처받지 않는 단단한 마음 정도가 필요하다.

오랫동안 미대 입시 바닥에서 굴러온 덕에 그림 실력이 뛰어난 사람을 많이 알고 있다. 그들 중 몇 명은 일러스트레이터가 되려고 일을 시작했지만 오래가지 않아 그만두었다. 분명 그림 실력의 문제는 아니다. 그냥 그들은 이 일과 잘 안 맞았을 뿐이다. 그러니까 '잘하는 일'이란 나와 '잘 맞는 일'에 더 가깝고, 타고난 '재주'보다는 자기가 가진 '성향'과 더 관련이 깊어 보인다. 그림이라는 공통된 재능을 가진 내 지인들이 각기 다 다른 일을 하는 것만 봐도 그렇다. 그림에 재능이 있다고 모두 그림 그리는 일을 하지 않는다. 그들의 성격, 그들이 좋아하는 것, 그리고 못 견디는 것, 그들이 매혹된 것, 그들의 취향, 그들이 바라는 것, 그들이 자란 환경과 지금 처한 상황 등등……. 수많은 요소의 결합이 그들을 각자 다른 길로 이끌었을 것이다. 그 길은 단박에 찾을 수 있는 게 아니다. 몇 번의 방황과 몇 번의 이직, 몇 번의 실패와 성공을 맛보며 자신이 더 잘하는 일, 그러니까 자신에게 더 잘 맞는 직업을 찾게 된다. 누군가는 일러스트레이터가 되고, 누군가는 만화가가 된다. 또 누군가는 영화 미술감독이 되고, 미술학원 강사, 인테리어 디자이너, 미술과는 전혀 상관없는 고깃집 사장이 되기도 한다. 그리고 그것은 언제고 또 바뀔 수 있다.

일하기 싫은 자의 일 이야기

*

어쩌다 보니 일러스트레이터가 되었다는 얘기를 입버릇처럼 하고 다녔다. 그 말은 사실이다. 너무 하고 싶었던 일도 아니고, 한때는 그림을 그리지 않으려고 마음먹은 적도 있었다. 그때는 그림 말고 나에게 더 잘 맞는 일이 있을 거라고 생각했다. 하지만 지금의 나는 그림 그리는 일을 하고 있다. 그 점이 항상 못마땅했다. 이상을 좇지 않고 적당히 타협한 게 아닌가 싶어 마음 한구석에 패배감 비슷한 것이 자리 잡고 있었다. 하지만 최근 들어 생각이 조금 달라졌다. 요즘엔 내가 있어야 할 곳에 있다는 느낌이 자주 든다.

이런저런 일을 겪으며 살다 보면 나를 조금은 더 잘 알게 된다. 가령 나는 '하고 싶은 일을 하는 것'보다 '하기 싫은 일을 안 하는 것'을 더 중요하게 생각하는 사람이라는 것 말이다. 내가 일하며 받는 스트레스의 대부분은 일 자체에서 오는 것보다 인간관계에서 오는 게 크다. 그래서 가능하면 혼자 조용히 일하는 걸 원한다. 조직에 속하는 것도, 정해진 시간에 출퇴근하는 갑갑한 삶도 싫다. 어떤 일을 해야 이런 삶이 가능할까? 응? 지금 내 직업이 딱 그렇잖아! 내가 싫어하는 것들을 나의 일에서 빼고 보니 지금의 일, 지금의 직업이 남았다.

결국 나는 내가 원하는 곳에 있는 셈이다. 누군가 좋

아하는 것을 향해 힘껏 달리는 동안 나는 싫어하는 것들로부터 힘껏 도망쳐 여기까지 온 거다. 생각해 보면 여기까지 오는 길 또한 순탄치 않았다. 수많은 고민과 두려움과 분노와 눈물이 있지 않았던가. 그냥 쉽게 흘러온 줄 알았지만 알고 보니 나 또한 힘겹게 투쟁해서 지금의 일을 얻은 셈이었다. 그러니 앞으로는 내 일을 조금 더 좋아해도 괜찮지 않을까?

잃고 나면 비로소 보일 것들

얼마 전 본가에 들러 엄마와 얘기를 나눴다. 엄마는 오랫동안 해 오던 우유 배달일을 막 그만둔 참이었다. 20년 넘게 해 오던 일이었는데 배달을 시켜 우유를 마시는 사람이 점점 줄어들었고 그로 인해 계속되는 적자를 버티지 못하게 된 거다.

한창 우유 배달일이 바빴던 시절엔 나도 엄마를 도와 배달을 했기에 그 일이 얼마나 고된지 잘 알고 있었다. 그래서 내심 엄마가 일을 그만둔 게 반가웠다. 하지만 엄마는 일을 그만둔 뒤 몹시 우울해했다. "이렇게 나이 먹은 노인네를 써 주는 데도 없을 거고……. 이제 무슨 일을 한다니." 일흔을 바라보는 나이에도 엄마는 일을 찾고 있었다. 나는 엄마에게 물었다. 일하는 거 안 힘드냐고, 이제 좀 쉬는 게 어떻겠냐고. "힘들다고 생각하지 않았어. 할 일이 있다는 게 그저 고마울 뿐이었지."

거짓말이다. 왜 힘들지 않았겠는가. 평생 쉬지 않고 일을 해 온 엄마였다. 모두가 그렇듯 일을 하다 보면 더럽고 치사한 순간이 수시로 찾아온다. 엄마라고 일을 때려치우고 싶은 순간이 없었을 리 없다. 그럴 때마다 '이 일이라도 있어서 자식들을 굶기지 않을 수 있으니 얼마나 감사한가.' 이렇게 마음을 다잡았으리라. 그렇게 매 순간 마음을 다잡았을 엄마는 이제 할 일이 없다.

*

할 일이 없다는 건 어떤 기분일까? 과거 백수였을 때의 기억을 떠올려보니 엄마가 느끼는 상실감을 어렴풋이 알 것도 같았다. 내가 팔 것은 내 노동력뿐인데 그걸 사 주는 이가 없다. 아무도 나를 필요로 하지 않는다. 마치 쓸모없는 존재가 된 것만 같은…… 그런 기분까지 들었다. 그러고 보니 할 일이 없다는 건 생각보다 심각한 문제가 아닌가. 단순한 밥벌이의 문제가 아니다. 내 존재 자체가 흔들리는 일이다. 나도 한때는 간절히 일을 가지고 싶었다는 사실을 기억해 냈다. 그런데 어쩌다 이렇게 됐을까. 일을 잃고 나서야 일이 있을 때가 좋았다는 걸 알게 되겠지. 하지만 인간이 늘 그렇듯 있을 땐 소중함을 잘 느끼지 못하는 법이다.

그나마 다행스러운 사실은 나는 아직 일을 잃지 않았다는 거다. 서로 사이가 안 좋아져서 별거 중일 뿐이다. 한참을 일과 떨어져 지내다 보니 내 일이 다시 보인다. 일하는 동안에는 그렇게 단점만 보이더니, 일을 안 하니까 그제야 내 일의 장점들이 보이기 시작한다. 내 일은 내가 잘할 수 있는 몇 안 되는 일 중 하나다. 부박한 내 성정에도 때려치우지 않고 계속할 수 있었으니 그야말로 귀하고 귀한 희귀템이다. 어디서 이만한 일을 또 구한단 말인가. 그렇게 생각하니 내 일이 소중하고 고맙게 느껴진다. 돌이켜 보면 이 일을 하면서 꽤 즐거웠다. 뿌듯했던 순간들도 있었고, 더 잘하고 싶어서 괴로웠던 날들도 있었다. 일이 있었기에 모자란 내가 그나마 사람 구실 하며 살 수 있었다. 몰랐다. 아니, 잊고 있었다. 나는 이 일을 좋아했다는 걸. 아아, 소중한 내 일을 잃고 싶지 않아졌다. 일을 잃지 않으려면…… 일을 해야 한다. 아, 결국 일을 해야 하는구나! (눈물)

큰일이다. 아직 마음의 준비가 안 되었는데…….

나를 움직이는 힘

내 책장 한편은 내가 작업했던 책들이 꽂혀 있다. 주

로 삽화를 그리기에 일을 마치고 나면 이렇게 한 권의 책으로 남는다. 책장에 내 밥벌이의 역사가 전시되어 있는 셈이다. 그렇게 일하기 싫다고 노래를 부르면서도 꽤 많은 일을 했다. 하긴, 이 일을 한 지도 벌써 10년이니 그럴 만도 하다. 기간에 비하면 적은 작업량인 듯도 하지만, 게으른 내 성향을 생각하면 꽤 대견하게 느껴진다. 나 나름 열심히 살았구나.

책장에서 오래전 그렸던 책 한 권을 꺼내 펼쳐본다.

'아, 맞아! 이런 그림도 그렸었지.'

'그때는 내 그림체가 이랬구나.'

감회가 새롭다. 그림을 그리며 즐거웠던 기억과 괴로웠던 기억이 한꺼번에 떠오른다. 그리고 내 입가엔 미소가 번진다. 지나고 나면 결국 모든 것은 추억이 된다. 돈을 벌어야 했기에 그림을 그렸다. 당시엔 그 사실이 너무 괴로웠는데 지금은 '덕분에'라고 말하고 싶다.

*

아주 어렸을 때 봤던 영화 〈미저리〉를 최근에 다시 봤다. 심장 쫄깃해지는 스릴러로만 기억하고 있었는데 다시 보니 전혀 다른 이야기가 보인다.

주인공 폴 셸던은 로맨스 소설 《미저리》 시리즈로 큰

성공을 거둔 소설가다. 그런 그가 어쩌다 외딴곳에 감금되어 쓰고 싶지 않은 소설을 쓰게 되는 것이 이 영화의 주된 내용이다. 폴을 가둔 사람은 그가 쓴 이 소설《미저리》의 광팬인 '애니'다. 그녀는 자신이 좋아하는 미저리가 소설 속에서 죽는 것에 분노, 미저리를 살려내라며 폴을 협박한다. 안 쓰면 죽는다. 대충 써도 죽는다. 폴은 자신이 가진 모든 능력을 발휘해 애니를 만족시킬 소설을 써야만 한다. 폴은 살기 위해 타자기를 두드린다. 창밖으로 여러 날이 바뀌는 동안 쉬지 않고 소설을 쓴다.

바로 그 장면, 그 장면은 내게 이상하리만치 너무도 아름답게 느껴졌다. 그것은 완전한 몰입이었다. 자신이 갇혀 있다는 사실도, 이 소설이 끝나면 자기가 죽을 것이란 두려움도 잊게 만드는 몰입. 무언가에 깊이 몰입할 때 고통스러운 현실은 사라진다. 그것은 망각이 아니라 초월이다. 폴은 적어도 그 순간만큼은 자유롭지 않았을까.

폴은 먹고살려고 썼던 통속소설이 아닌 순수문학에 대한 열망으로 더는《미저리》시리즈를 쓰지 않으려 했다. 그런데 죽음 앞에 그런 열망은 사치였다. 생존하기 위해 다시《미저리》를 썼고, 놀랍게도 그 안에서 잃어버렸던 열정을 발견하게 된다. 그는 자신의 능력을, 죽음의 공포를 뛰어넘었다. 그렇게 쓰인 소설은 폴의 생명을 연장해 주었고, 결국 그걸 이용해 애니로부터 탈출하게 된다. 폴의 뮤즈는

다름 아닌 생존이었다. 그리고 이 영화의 원작자인 스티븐 킹의 뮤즈 역시 그것이었다.

*

굶어 죽을지도 모른다는 공포가 우리를 몰아붙이고 뭐라도 하게 한다. 우리는 그 덕분에 계속 살아내고 삶에 더 몰두할 수 있다. 어쩌면 내 책장에 꽂힌 밥벌이의 역사는 빼앗긴 시간의 증거가 아니라 삶에 깊이 몰두했던 증거가 아닐까. 일은 삶에서 지워야 할 부분이 아니라 삶에 꼭 필요한 부분일지도 모른다. 일을 지우고 내 시간으로만 채운 지금, 내 삶은 정말 완전한 삶일까? 정말 이것만으로 충분한 걸까? 전엔 확실히 대답할 수 있었지만, 지금은 모르겠다. 무언가가 빠져 있는 것 같은 기분은 순전히 기분 탓일까.

다시, 일

요즘의 나는 새로운 일을 꾸미고 있다. 픽션을 쓰려고 준비 중이다. 소설이 될지 만화가 될지 아직은 잘 모르겠다. 형식은 나중이고 괜찮은 이야기를 만드는 게 먼저니까. 요즘 어떤 이야기를 만들까 고민하고 상상하는데 그 시간이 너무 즐겁다. 나에겐 이때가 책을 만드는 전 과정을 통

틀어 가장 재미있는 시간이다. 구상하고 기획하는 단계 말이다. 이런저런 상상을 하다 보면 시간 가는 줄 모른다. 나에겐 이런 시간이 필요했다. 하지만 그 이후 결과물을 만들어 가는 과정은 온갖 고통으로 가득 차 있다는 걸 떠올리고는 주춤한다. 이야기는 잘 안 풀리고, 그동안 써 놓은 걸 읽어 보면 모조리 쓰레기 같고, 결국 나는 재능이 없어! 같은 절규로 귀결되는 과정을 무한 반복으로 겪게 되겠지. 글을 쓸 때나 그림을 그릴 때나 이 과정은 언제나 찾아왔다. 정말 한 번도 다르지 않았다. 잊고 있던 일의 어두운 면을 기억해 내고는 마음이 차갑게 식는다. 분명 독자들의 반응도 좋지 않을 거야. 하던 거나 하라는 비난이나 듣겠지.

아, 다 그만둘까.

물론 맛있는 것만 골라 쏙 빼먹 듯 재미있는 상상만 실컷 하다가 거기서 끝내도 된다. 누구도 뭐라 하지 않는다. 하지만 생각을 흘려보내지 않고 손에 잡히는 뭐라도 만들어 내려면 이 고통은 필수다. 일은 절대 전부를 내어 주지 않는다. 하나를 주고, 다른 하나를 빼앗아 간다. 혹은 전부를 준다. 병도 주고, 약도 주고. 일은 노동인 동시에 놀이다. 일은 자아를 실현하는 것이면서 동시에 자아를 갉아먹는 행위다. 고통이자 즐거움이고, 욕망이자 때려치우고 싶은 것이며, 몰입이자 소진이다. 의미 없는 돈벌이 수단인가 싶다가도 삶을 좀 더 의미 있게 만들어 주기도 하니 일은 정말 알다가도 모르겠다. 사랑하지만 꼴도 보기 싫고, 전부인 동시에 아무것도 아니다. 혼란하다. 혼란해.

이 거대한 혼돈 앞에서 나는 늘 두려웠다. 일은 언제나 나를 흔들고 괴롭혔다. 그래서 가능한 한 멀리하려 애를 썼지만, 아무래도 거리 두기는 실패할 듯하다. 여전히 일하는 건 싫지만, 일을 통해 채우고 싶은 것들도 있다. 그러니 어쩌겠는가, 용기를 내야지. 때마침 용기를 북돋아 줄 도우미가 나타났다는 기쁜(?) 소식을 알려야겠다. 내게도 '애니'가 찾아왔다. 거짓말 조금 보태서 진짜 숨만 쉬며 살았는데…… 돈이 빠르게 사라져 간다. 하긴 몇 년 동안 벌지는 않고 쓰기만 했으니, 헤헤. (이봐, 지금 웃을 때가 아니라고!) 이젠 망설이고 자시고 할 여유가 없다. 뭐라도 해야 한다. 의뢰를 거절할 여유도 없다. 그렇게 평온하고 나른했던 나의 방학은 끝났다.

다음 방학을 꿈꾸며

그렇다고 슬퍼하진 않는다. 지겨울 때까지 실컷 놀았고, 스스로 일을 하려고 마음까지 먹었으니 말이다. 이로써 휴식이 얼마나 중요한지 다시 한번 증명되었다. 나처럼 일

하기 싫어하는 사람도 일하고 싶은 마음이 생겼으니까. 일
과 떨어져 지내면서 비로소 일에 내한 미움을 덜어 낼 수
있었다. 기꺼이 내 삶의 일부를 일에게 내어 주기로 마음먹
었다. 이젠 억지로 하는 게 아니다. 필요에 의한 선택이다.
나에게 그것은 작지만 커다란 변화다. 그렇다고 갑자기 일
하는 걸 너무 좋아하거나 그러진 않을 것 같고…… 다만 조
금은 덜 투덜대며 일할 수 있기를 바라본다. 그래, 그거면
됐다.

*

언제가 될지 모르지만 부디 재미있는 이야기로 다시
만날 수 있기를. 내가 포기하지 않고 이 일을 끝까지 해 낼
수 있기를. 이렇게 된 이상 내가 바라는 건 하나다. 대박이
터져서 다시 방학을 보낼 수 있게 되는 것! 계속하다 보면
언젠간 또 그런 날이 올 거라 믿는다. 은퇴가 아닌 방학을
꿈꾸며, 안녕.

14:00

일이 나에게 물었다

김예지

김예지

청소하고 그림 그리고 이야기하며 편한 것보단 조금은 불편해도 내 신념이 있는 곳을 향해 가길 좋아하는 청년입니다.

일이 나에게 물었다

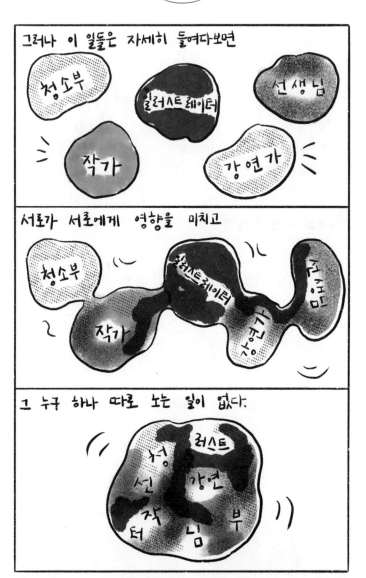

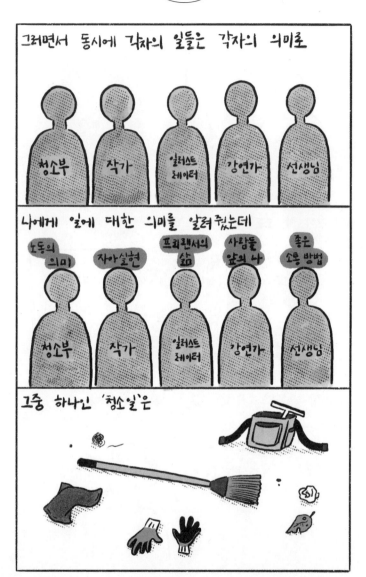

그러면서 동시에 각자의 일들은 각자의 의미로

청소부　작가　일러스트레이터　강연가　선생님

나에게 일에 대한 의미를 알려 줬는데

노동의 의미　자아실현　프리랜서의 삶　사람들 앞의 나　좋은 소통 방법

청소부　작가　일러스트레이터　강연가　선생님

그중 하나인 '청소 일'은

김예지

98

일하는 사람들이 느끼는 마음의 하루

안녕하세요. 책 만드는 일을 하는 정선재입니다. 저는 종종 어른들을 위한 키자니아(어린이용 직업 체험관)가 있으면 좋겠다는 생각을 해요. 나와 다른 일을 하는 사람들은 어떻게 일하고 어떻게 살고 있는지 궁금하거든요. 그래서 처음엔 '책 속에 키자니아를 담아 보자!' 뭐 그런 가벼운 마음이었지요.

그런데 막상 일에 대한 이야기를 펼쳐놓고 보니, '마음'이라는 글자가 진하게 보이더라고요. 어른용 키자니아에는 기쁨과 환희는 물론 불안과 두려움까지 있다는 걸 뒤늦게 깨달은 셈이죠. 생각해 보니 저 또한 그렇더라고요. 일 때문에 좋은 날도 있고, 한없이 좌절하는 날도 있으니까요. 이 책은 일하는 사람들을 위한 책이에요. 서로 다른 일을 하는 여섯 명의 이야기이지만, 한편으로는 일하는 사람이라면 누구나 느낄 마음에 대한 이야기거든요.

이 책이 능숙하게 일하는 방법 같은 것을 알려드리진 않지만, 같이 울고 웃을 수는 있을 것 같습니다. (그러길 바라고요.) '일'이라는 1음절 속에 담긴 당신의 이야기가 이 여섯 편의 에세이 속에도 있었으면 좋겠습니다. 이 이야기들이 여러분들께 따뜻하게 닿길 바라며 이만 줄이겠습니다. 오늘도 수고 많으셨습니다.

2022년 봄
책 만드는 일을 하는, 정선재 드림

임진아

일하는 마음과
앓는 마음

천현우

하완

김준

김예지

박묵수

일이 가져오는
시시각각의
마음들에 대하여

이봄

일이 나에게 물었다

또 다른 일인 작가일은

생각지도 않게 얻은 일 중 하나로

김예지 작가의
청소부 이야기!

책을 내면서
얻게 되었다.

일러스트레이터와는 또 다른 매력이었다.

그림 한 장으로
나를 표현한다면

책은 좀 더 긴 호흡으로
표현할 수 있다.

일이 나에게 물었다

그래서 청소일도 만나고

<u>청소일</u>

- 관계 스트레스가 적은 일

- 안정적인 수입 보장

- 청소를 좋아하는 나와 맞음

작가일도 만나고

<u>작가일</u>

- 나의 이야기를 담을 수 있는 일

- 창작의 욕구를 채워 주는 일

그 외 다양한 일들을 만나면서

네!

강연가

선생님

일러스트레이터

내가 나로서 목소리를 내고

나만의 길

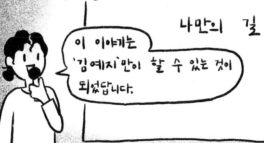

이 이야기는 '김예지'만이 할 수 있는 것이 되었답니다.

그럼에도 불구하고,

김준

김춘

서울대학교에서 생명과학 전공으로 박사를 받고, 같은 대학 내 기초과학연구원에서 연수 연구원으로 일하고 있다. 벌어먹고 살려면 일을 많이 해야 하지만, 그래도 연구가 즐거워서 재밌게 잘 살고 있다. 연구하면서 성장하는 기분을 만끽하곤 한다. 앞으로도 계속해서 더 좋은 연구자, 더 좋은 사람이 되길 바라며 살고 있다.

출근을 하며

"학교는 제설 작업이 하나도 안 돼 있어서 어차피 못 들어가고요, 여기서부터 정문까지 한 시간은 족히 걸릴 겁니다. 내려서 걸어가시는 게 빠를 거예요."

눈이 가득 쌓인 어느 날이었다. 갑작스런 폭설 때문에 도로는 순식간에 마비됐고, 걸어가는 것보다 느린 상황에 사람들이 버리고 간 차량이 혼란을 더욱 가중시켰다. 버스 기사님은 여의치 않은 도로 상황에 지치셨는지 운전대에 몸을 기대고는 승객들에게 탈출을 권하기도 했다.

내겐 날벼락이나 다를 바 없는 소식이었다. 마음이 급해지기 시작했다. 작은 통에 담겨 숨 쉬고 있는 이 가녀린 생물들을 살려 내려면 어떻게든 세 시간 안에는 연구실에 도착해야만 했기 때문이다. 이 생물들을 구하려고 새벽부터 비행기를 타고 제주도에 갔다가 당일치기로 겨우 돌아온 건데! 매달 정해진 시간에 정해진 장소에서 정해진 생물을 구하는 연구를 하던 중이라 이번 기회를 놓치면 지금까지 했던 모든 실험을 포기하고 처음부터 다시 새로 시작해야 하는 상황이었다. 다시 말해 이 연구를 하느라 쏟은 1년이 사라지는 일이었다. 그러니 답은 정해져 있었다. 눈으로 뒤덮인 산을 기어오르는 한이 있더라도 연구실에 가야만 했다.

버스 창 너머로 보이던 세상은 분명 새하얗고 아름다 웠는데, 버스에 내려 직접 마주한 세상은 정말이지…… 개 판이었다. 쌓인 눈은 발목을 족히 덮었다. 한 걸음 내디딜 때마다 신발 속으로 눈이 차올랐다. 계속해서 쏟아지는 눈 발 덕분에 길도 똑바로 보이지 않았고 머리와 어깨 위로는 계속해서 눈이 쌓였다. 게다가 연구실 위치가 어지간히 높 아야지! 연구실이 자리 잡고 있는 산 중턱까지 올라가려다 몇 번이나 미끄러질 뻔했는지 모른다. 주변을 둘러보면 마 치 폐허가 된 듯 중간중간 버려진 버스와 승용차가 을씨년 스럽게 늘어서 있었고, 연구실에서 이제 겨우 탈출하는 듯 한 대학원생과 연구원만이 눈에 띌 뿐이었다. 평소라면 15 분이면 걸어갈 수 있는 거리를 50분째 걷고 있을 즈음, 나 도 모르게 욕이 쏟아져 나왔다.

"아오, 젠장! 내가 뭔 부귀영화를 누리겠다고……!"

세상에 죽으라는 법은 없다더라니, 결국 밤 9시가 되 어서야 연구실에 무.사.히 도착했다. 눈보라를 뚫고 온다 고 가방 깊숙한 곳에 넣어 놓고는 꺼낼 엄두도 못 냈던 핸 드폰을 확인했다. 연구실 사람들이 남겨 둔 메시지가 눈만 큼이나 잔뜩 쌓여 있었다. 눈발이 조금씩 날린다느니, 눈 이 쌓여서 이미 버스가 멈췄다느니, 차도는 이미 막혀 지 하철역까지 걸어갈 수밖에 없게 됐다느니, 오도 가도 못하 기 전에 얼른 연구실에서 탈출하라느니. 메시지함에는 끊임없이 내리는 눈 때문에 쌓인 걱정과 당부의 이야기가 가득했다. 물론, 내게는 하루 지난 일기예보처럼 별 소용이 없는 이야기였다. 이제 막 도착해 앞으로 네 시간은 꼼짝없이 현미경만 붙잡고 있어야 해서 한동안은 나갈 걱정을 할 필요가 없기 때문이다.

*

제주도에서 챙겨 온 시료(실험에 쓰는 생물이나 물질)는 최대한 빠르게 살펴봐야 했지만, 바로 실험하기에는 기력이 하나도 나질 않았다. 일단, 먹자. 사람이 먹고는 살아야지. 연구실 비상식량인 컵라면 하나를 챙겨 먹었고, 홍차 한 잔 우려내면서 마음을 가다듬었다. 그러고 나니 난장판이 된 옷가지와 집이 눈에 띄었다. 겉옷에 잔뜩 묻은 눈을 털어 내고, 신발 안에 들어차 녹아버린 눈도 대충 닦아냈다. 그렇게 고된 출근길의 흔적들을 정리하고, 따스한 찻잔을 쥐니 감각이 조금씩 돌아오는 것 같았다. 홍차를 호록한 모금 마시니 몸도 사근사근 녹아내렸다.

시작이 반이라고 사실 일을 해야 한다는 마음을 먹는 게 제일 힘들다. 한 시간 동안 일하기 싫다고 온몸으로 소리치며 딴짓을 했더니, 이제는 일할 여력이 찔끔 생기는 것 같았다. 나도 모르게 혼잣말을 중얼거렸다.

"아이고, 이제 일해야지."

대충 살펴보니 제주도에서 챙겨온 시료, 그러니까 플라스틱 통에 담긴 썩은 과일은 따뜻한 연구실 공기 속에서 사르르 녹고 있었다. 플라스틱 통 벽면에는 생물이 뿜어낸 수분이 가득 맺혀 있었고, 썩은 과일에서 묻어 나온 듯한 찌꺼기와 세균, 곰팡이 따위가 묻은 자국도 잔뜩 남아 있었다. 저 정도 썩었다면 내가 키우는 작은 벌레들도 살고 있지 않을까? 아무리 추운 겨울이라도 결국엔 버티고 살아남아 사람보다도 더 오랜 세월 생을 이어온 생물들이니까.

나는 생명과학 연구자다

내 직장은 연구실이다. 나는 이곳에서 지식을 생산한다. 다른 동료들과 함께 다음 연구자가 될 학생들에게 지식을 생산하는 법을 가르치고, 때론 그 과정에서 나 또한 새로운 지식을 조금씩 쌓아가는 것이다. 연구실에서, 대학원에서 지식을 생산한다고 하는 이야기가 조금은 생소할지도 모르겠다. 대학원에서 석사과정, 박사과정을 밟는다고 하면 다들 공부만 한다고 생각하니까. 그런데 사실 공부만 해서는 졸업을 할 수도 연구로 밥벌이를 할 수도 없다. 졸업하고 밥벌이를 하려면, 예전에는 기술이 달리고 알려진 게 부족해서 답할 수 없었지만 이제는 답할 수 있는 질문을 찾고, 남들보다 먼저 잽싸게 그 답을 찾아 발표해야 한다. 그게 연구실에서 하는 일이다.

연구자는 태어나지 않고 길러진다. 견습 단계에 가까운 대학원 박사과정 동안 연구자로 살아가는 데 필요한 역량을 기르고 기량을 갈고닦는다. 게임으로 치자면 롤플레잉 게임이랑 비슷한데, 사람의 성장에 초점이 맞춰져 있는 셈이다. 최종 목표는 논문을 쓰는 것. 게임 속에서 레벨을 올려 능력치를 향상시키고 기술을 습득하는 것처럼, 연구실에서는 논문을 쓰는 데 필요한 글쓰기와 발표 능력을 기르고 논문 내용을 채우는 데 필요한 기술인 실험을 익힌다. 이 과정이 익숙해지면 게임 속에서 상위 직업으로 올라가는 것처럼 연구자도 한 단계 성장하게 된다. 바로, 독립 연구자인 박사가 되는 것이다.

*

사실 재미가 넘치고 쉽게 몰입할 수 있는 게임과 달리, 박사과정은 정말 답답하고 보통은 고통스럽기까지 하다. 월급 받는 날이면 분명 기뻐야 하는데, 최저임금에도 못 미치는 금액이 찍힌 뒤 그 돈으로 등록금까지 내고 나면 정말 현타가 세게 온다. 그렇다고 월급이 제일 큰 문제도 아니다. 연구자로서 내 수준이 처참하다는 걸 인지할 수밖에 없는 상황을 시도 때도 없이 마주한다는 게 나는 무엇보다 힘겨웠다.

"아니 난 왜 이렇게 못하는 거지?"

예를 들자면 이런 거다. 게임에서는 경험치가 쌓이는 게 눈에 보이고, 성장할 때마다 레벨이 오르면서 숫자로 자신이 성장한 걸 바로바로 인지할 수 있다. 게다가 원하는 능력치를 직접 올릴 수도 있고 새로운 기술을 원하는 만큼 키울 수도 있다. 무엇보다 이전에는 상대할 수 없었던 적을 이겨냄으로써 그 성취를 직접 확인할 수도 있다. 이렇듯 게임 속 세상에서는 열심히만 하면 그만큼 열매가 맺히니 완전히 몰입해서 즐겁다고 느끼게 되는 건 아닐까? 게다가 상대하기 쉬운 적만 있는 게 아니다 보니 초보자는 물론이거니와 고수 중의 고수, 고인물 중의 고인물, 썩은 물이나 석유 수준의 고수가 돼도 여전히 즐길 수 있지 않은가.

그런데 현실 속에는 눈에 보이는 레벨도, 숫자도 없다. 논문 한 편을 읽을 때마다 경험치가 쌓이는 게 보이고 능력치가 상승하는 걸 체감할 수 있다면 더 신나게 일할 수 있을지도 모르겠다. 실험 하나를 배울 때마다 새로운 기술로 등록되고, 다음 실험을 할 때 "PCR!" "유전자 분석!" 이렇게 기술명을 외치는 것만으로도 알아서 실험 결과가 나오면 얼마나 좋을까. 하지만 내 바람과는 달리 논문 한 편을 다 읽어 봐야 머리에 남는 건 없고, 실험은 할 때마다

시약이 어디 있는지 기계는 어떻게 켜는지 까먹어서 한참을 헤매고만 있다. 또 내가 읽는 논문은 당연히 좋은 연구 논문일 테니 전세계에서 가장 새롭고 가장 훌륭한 연구 성과일 수밖에 없다. 그런 걸 읽다가 내가 해 놓은 실험 결과를 보고 있노라면…… 그저 처참해진다.

'나는 세금으로 똥덩어리 같은 실험 결과만 싸고 있는 건가?'

그래도 다행인 건 똥만 싼다고 연구실에서 쫓겨나진 않는다는 거다.

*

신기한 건 그러다 어느 순간 갑자기 나도 모르게 내가 성장해 있다는 거다. 눈치채기는 어렵다. 그래도 예전에 읽었던 논문을 다시 보면 이전보다 훨씬 쉽게 이해되고, 새로운 논문을 읽을 때도 이전만큼 힘들지 않다는 걸 느끼게 된다. 실험은 여전히 망하지만 망하는 빈도가 줄어들고 나름 쓸 만한 결과가 하나둘 쌓이기 시작한다. 물론 여전히 논문으로 쓰기에는 한없이 부족한 결과지만 그래도 그 순간만큼은 진짜 연구자가 되어 가고 있다는 느낌이 든다.

물론 포기하는 것도 조금씩 늘어난다.

'그래! 내가 무슨 일류 과학자도 아니고. 지금은 일단

논문 끝내고 발표하는 걸 목표로 해야지. 논문 쓰는 연습을 하는 거잖아.'

허황된 이상을 잠시 내려놓고 내가 할 수 있는 것부터 하나씩 찾아본다. 예를 들어, 전 세계 최고의 학술지에 발표된 논문만 읽는 게 아니라, 내가 쓰려고 하는 논문에 필요한 기존 연구를 조사해 보는 거다. 이런 작은 과정들 속에서 자신감이 조금씩 붙는다. 고오-급 학술지가 아니라도 좋은 연구는 많이 있고, 내가 싼 똥덩어리도 흐름에 맞게 잘 배열하면 중요한 주춧돌이 될 수도 있다는 걸 깨닫는 순간, 어느덧 나는 박사가 되고 말았다.

망해도 일은 계속된다

돌이켜 생각해 보니 내게 박사과정은 잘 망하는 법을 배우는 과정이었다. 연구란 지금까지 밝혀지지 않았던 새로운 지식을 생산하는 과정이고, 누구도 가 보지 않은 길이니 실패를 동반할 수밖에 없기 때문이다. 어차피 망할 게 확실하니 애초에 잘 망하는 법을 배우는 것이다. 왜, 처음 스키를 탈 때도 잘 넘어지는 법을 가장 먼저 배우지 않던가. 연구도 그렇다. 초보자가 하는 일인데, 망할 거라는 건 이미 정해진 일이다. 그러니 잘 망하는 법을 배워 다음을 대비해야 한다. 그래야 몸을 써서 과학을 수행하고 결국엔 새로운 지식을 생산하는 것이 가능하기 때문이다. 잘 망해야 잘 성공할 수 있다.

내가 배운 과학은 교과서를 읽는 것보다는 온몸으로 실험하고 또 실험해 교과서에 들어갈 내용을 만드는 일에 훨씬 가까웠다. 쉽게 말해 내게 과학은 공부하는 게 아니라 수행하는 것인 셈이다. 연구실에서는 이렇게 과학을 하는 방법을 배웠다.

연구실에 처음 들어왔을 때가 아직도 생생한데, 처음에는 아무것도 아는 게 없으니 일단 지도교수나 선배가 미리 고안해 둔 연구에 참여하며 과학 하는 법을 익혔다. 이미 틀이 모두 잡혀 있는 연구다 보니 그 연구를 통해 풀고자 하는 질문 역시 정해져 있었다. 대개 질문은 이런 것이었다. '어떤 유전자가 동물의 행동에 영향을 주는 걸까?' 이런 질문에 답하는 법도 함께 배웠다. 가설을 세우고, 가설이 사실인지 확인하는 것이다. 가설을 검증 가능한 실험으로 바꾸고, 실험에 실험을 거듭해 결과를 내는 것. 이것이 연구에서 질문에 답하는 법이자 내가 계속해서 수행해야 할 과학이란 일이었다.

*

내가 한 실험들은 매번 망했다. 현실에서 직접 해 본 과학은 깔끔하게 떨어지는 교과서 속 과학과는 많이 달랐다. 망하는 양상도 아주 다채로웠다. 처음에는 실험을 해야 하는데 돌연변이가 제때 태어나질 않아 실험을 시작하기도 전에 망했다. 그 다음에는 드디어 돌연변이가 태어나서 몇 주 동안 실험을 준비했는데, 이 돌연변이가 예상보다 훨씬 느리게 자라는 바람에 또 제때 실험하지도 못하고 망했다. 그 뒤엔 돌연변이가 자라는 시간까지 딱 맞춰서 준비하고 는 실험을 시작하긴 했는데, 이번에는 결과에 도달한 건지 아닌 건지 판단하기 애매한 지점이 생겨 망하기도 했다. 그 뿐만이 아니다. 실험 결과를 컴퓨터로 기록하는 과정에서 프로그램이 오작동을 일으키는 바람에 망했고, 돌연변이가 없는 동물도 행동이 이상하게 나타나서 실험 자체에 문제 가 있다는 결과만 얻고 '아, 망했구나'라는 걸 깨닫게 되기 도 했다. 이런 모든 과정을 해결하는 데 장장 2년이 걸렸고, 드디어 의미 있는 결과를 확보하게 됐는데……. 결국 '이 유전자가 아니네?'라는 허무한 결론으로 끝나버렸다. 괜찮 다. 뭐, 이제 처음부터 다시 하기만 하면 되는 것이니…….

그렇게 온갖 단계에서 하나도 빠짐없이 망해 보니 이 게 박사에게 필요한 가장 중요한 경험이라는 것을 알게 됐 다. 어차피 망할 거면 잘 망해야 하고, 망할 때 잘 망할 수 있도록 미리 준비하는 방법이 따로 있다는 것도 깨닫게 된 것이다. 일단 죄다 망해 보면 다음 번에 비슷한 일을 하다 가 문제가 생겼을 때 조금 더 수월하게 해결할 수 있다. 망하는 데에도 패턴이 있다 보니 망할 때마다 원인을 잘 찾아 두면 어디서 망했는지 파악하는 게 더 빨라지고 더 쉬워지기 때문이다. 아예 처음 하는 일이라면 어떻게든 빨리 망해 보는 게 필요하기도 하다. 가능한 빠르게, 가능하면 문제의 원인을 파악할 수 있는 형태로 망해야 나중에 더 큰일이 터지지 않도록 막아 낼 수 있기 때문이다. 이런 과정을 거쳐 어디서 문제가 생겼는지 파악하고 나면 해결하는 방법 찾는 건 순식간이다. "망한 패턴 보니 두 번째 단계에서 망했나 보네? 이건 시약만 바꾸면 해결되겠어" 하고 말이다.

그리고 2년이라는 시간 동안 꾸준히 한 일이라고 해도 놔줄 때 놔줘야 한다는 걸 어느 순간 깨닫게 되었다. "여기서 아까워 하면 3년은 더 허송세월할지도 모르겠어" 하고 말이다. 그래서 빠르게 두 번째 연구로 갈아탔다. 물론 그때도 익숙하지 않았던 탓에 다시 한 번 고통스럽게 됐는데, 이번에는 이전보다 더 이른 시점에 이 연구가 망했다는 걸 깨닫게 됐다. 덕분에 더 빠르게 포기하고 다음 연구로 넘어갈 수 있었다. 결국 그 과정에서 더 좋은 연구를 할 수 있는 역량을 기를 수 있었다. 마치 보물을 찾으려고 포도밭을 죄다 헤집다 보니 농사 달인이 됐다는 이솝 우화처럼 말이다. 물론 지금도 부족한 건 많지만, 주어진 여건 속에서는 가능한 좋은 연구를 할 수 있도록 조금씩 맞춰 가고 있다. 달인까진 몰라도 적어도 지금보다는 더 좋은 연구자로 성장할 수 있길 바랄 뿐이다.

*

물론 이렇게 자주 망할 수 있는 건 좋은 연구실에서나 가능한 일일지도 모르겠다. 하지만 어디서 무슨 일을하든, 일이 자기 뜻대로 되지 않아 주눅 드는 건 누구나 겪을 수 있는 일이 아닐까. 실수를 연발하거나 원하던 만큼성과가 나오지 않을 때 마음을 평안하게 유지하기란 쉽지않은 일이니까. 나는 이제 실수하면 안 되는 박사급 인력이 됐지만, 지금도 때로는 일이 버겁고 쳐다보기도 싫어미룰 때가 있다. 그래도 너무 오래 미루지는 않는다. 어쨌든 결국 해야 하는 일이라는 걸 수없이 망한 과정 속에서배웠기 때문이다. 그러니 숨 한번 크게 몰아쉬고는 마음을다잡는다.

"젠장, 하든 안 하든 어차피 망한 일이야! 그러니까얼른 해치우고, 이 지긋지긋한 일에서 최대한 빨리 벗어나자!"

천재 혼자 해내는 일은 없다

사람들은 과학자라고 하면 어떤 모습을 떠올릴까? 부

스스한 흰머리에 큰 안경을 쓰고 기다란 가운을 걸친 괴팍한 천재? 뭐, 그런 게 떠오르지 않을까 싶다. 하지만 현실에서 괴팍한 과학자가 천재적인 연구를 하기란 정말 어렵다. 연구는 사람이 하는 활동이다. 그렇다 보니 학문의 깊이만큼이나 사람의 인품이 정말 중요하다. 특히나 요즘처럼 여러 사람이 함께 연구하는 시대에는 더욱이 그렇다. 현대 과학, 적어도 현대의 생명과학은 혼자서 본격적인 연구를 하기 어려울 만큼 복잡해졌고, 필요로 하는 노동력도 상상을 초월하기 때문이다. 이런 환경 속에서 혼자서 천재적인 연구 성과를 낸다? 정말이지 무척이나 어려운 일이다. 여럿이 해야 하는 일이 많아지다 보니 함께 연구하기 어려운 성격을 지닌 사람은 좋은 연구를 하기가 그만큼 어렵다. 좋은 사람이어야 좋은 동료와 함께 일할 수 있는 셈이다. 월급이나 노동 시간 같은 걸 제외했을 때 최고의 복지는 같이 일하는 동료라는 말도 있지 않나. 이 말은 과학의 최전선에서 있는 연구실 생활에도 고스란히 적용된다.

사실 과학 하는 사람들이 죄다 천재들인 것도 아니다. 물론 다들 연구도 잘하고 정말 똑똑한 사람들이 많긴 하지만, 그렇다고 전 세계에 그 사람만 할 수 있는 능력을 지닌 진짜 천재가 있는 것도 딱히 아닌 것 같다. 연구자 개인은 대개 다른 연구자가 대체할 수 있다. 회사도 그렇지 않은가. A팀 사원이 그만둔다고 해서 A팀 업무가 통째로 마비되지는 않는다. 그 자리에는 또 다른 직원이 들어와 여느 때와 다름없이 굴러가기 때문이다. 연구실도 똑같다. 그러니 정말정말 뛰어난 한 사람의 천재성은 더 이상 세상에 존재하지 않고, 혼자서는 결코 풀어낼 수 없을 만큼 중요한 질문에 답할 수 있는 '연구진'이 존재할 뿐이다. 그렇게 훌륭한 사람들이 모인 공간에서 위대한 연구가 탄생한다.

*

이제까지 받은 훈련은 개인이 아닌 팀원으로서 성장하는 방법이었다. 졸업논문을 썼던 과정을 돌아보면 이 추상적인 이야기가 조금 더 선명해진다. 예컨대 연구실에서 지도교수가 한 일, 내게 연구의 실질적인 방법(실험과 같은)을 가르쳐 준 선배가 한 일, 그리고 내가 한 자잘하고도 다양한 일들은 분명 하나의 목적을 이루기 위한 작업들이었지만, 구체적인 내용은 모두 달랐다. 지도교수는 논문의 최종 확인과 연구비 확보라는 업무를 맡았고, 내 멘토였던 선배는 우리 연구가 어떤 논문으로 완성되어야 할지 밑그림을 그리고 방향을 잡았다. 나는 그에 따라 컴퓨터에게 명령어를 입력하고 확인된 결과를 함께 해석할 수 있도록 변형하는 일을 맡았다. 이 중 누구 한 사람이라도 없었다면 연구가 느려질 수밖에 없었을 것이다. 서로의 능력치, 역할,

하는 일은 모두 달랐지만 서로가 서로에게 필요한 존재였던 것이다. 다시 말해 그 순간 그 공간에서 우리는 함께하고 있었다는 게 가장 중요하다. 덕분에 우리가 찾아낸 새로운 생명현상을 논문으로 발표할 수 있었으니까. 나는 그렇게 팀으로 일하는 방법을 배우며 조금 더 과학자다운 과학자가 되어 가고 있었다.

이 과정에서 함께 답할 수 있는 질문을 찾는 방법도 계속해서 새로 배우게 됐다. 좋은 연구는 당연히 좋은 질문에서 시작된다. 좋은 질문이어야 답을 찾아낼 가치가 있기 때문이다. 그런데 이 좋은 질문이라는 게 상황마다 다르다는 걸 연구를 하며 깨달았다. 나와 동료들은 무슨 질문이든 해결할 수 있는 SF만화 속 천재들이 아니었다. 연구에 쓸 수 있는 예산은 한정돼 있었고, 세상에 넘쳐나는 실험 기법 중 우리가 연구실에서 쓸 수 있는 기법은 한 줌도 채 되지 않았다. 우리 역량을 가늠하지 못했을 때는 '생물은 어떻게 진화하는가?'처럼 거창하고 거대한 질문만이 좋은 질문인 줄 알았는데, 이런 질문은 애초에 우리가 답할 수 없는 질문이었다. 정말 멋진 질문이지만, 연구하기 좋은 질문이라고 보기는 어려운 질문이었던 것이다. 그러니 지금 이 일을 하는 내게 좋은 질문은 우리 예산과 인력, 쓸 수 있는 실험 기법만으로 답할 수 있는 것일 수밖에 없었고, 자연스레 훨씬 더 작고 소소할 수밖에 없다. 예컨대 모든 생물이 진화하는 과정을 모조리 살펴보는 것이 아니라, '벌레 A의 염색체 끝부분은 어떻게 진화하는가?' 정도로 질문을 좁혀야 했던 것이다.

그래도 앞으로는 조금 더 큰 질문에 답할 수 있길 바라고 있다. 그리고 함께하는 것이야말로 더 큰 질문을 해결할 수 있는 지름길이 될 것이라고 생각한다. 천재 혼자서는 감당할 수 없는 일일지라도 여러 사람이 함께하면 해결할 수 있는 경우가 많기 때문이다. 그러니 이제는 함께하는 데 필요한 역량을 기르기 위해 노력하고 있다. 나도 처음에는 멋진 연구자, 훌륭한 과학자가 되고 싶었다. 그런데 이 일을 하면 할 수록 더 좋은 동료이자 더 좋은 사람으로 성장해야겠다는 생각을 자주한다. 그 마음 끝에, 좋은 동료들과 함께 훨씬 더 좋은 연구를 할 수 있을 것이다.

글, 연구의 시작과 끝

연구만큼 막대한 비용을 필요로 하는 글쓰기가 또 있을까? 새로운 지식 생산이라는 연구의 속성을 생각해 보면 어쩌면 당연한 일일지도 모른다. 돈이 별로 들지 않으면서도 중요한 지식은 진작에 밝혀져서 세상에 나와 있다. 기술이 발전한 덕분에 답할 수 있는 질문들이 훨씬 많아졌지만, 남아 있는 중요한 질문은 돈과 사람이 더 투입되어야만 하는 것이다. 물론, 연구를 위한 금액은 상당하면서도 빠듯하다.

이공계 연구실에 지원되는 가장 대표적이고 좋은 연구비는 연 1억 5천만 원에서 3억 원 정도를 지원해 준다. 기간은 보통 5년이되, 3년 동안 얻은 성과를 살펴보고 2년을 추가 지원하는 형태가 많다. 금액만 보면 큰돈처럼 보일 수도 있지만, 보통 소속된 대학에 10~30퍼센트 가량을 운영비 등의 명목으로 지급하고, 연구원 두세 명의 인건비로 적게 잡아도 6~7천만 원을 지급하고 나면 사실상 실험 재료 구매하기도 빠듯한 실정이다. 이런 상황이니 한 대에 몇억 원을 호가하는 좋은 실험 장비를 사는 건 더더욱 쉽지 않다. 대여섯 명이 팀을 이룬 연구실 단위로 진행되니 고정 비용만으로도 상당한 비용이 투입될 수밖에 없는 것이다.

그러니 내가 하는 이 과학이라는 일은 연구비 확보가 무엇보다 중요하다. 조금 거창하게 말해 연구의 시작점이라고도 할 수 있다. 연구는 계획서라는 글에서 시작해 논문과 보고서라는 글로 정리되는 기나긴 작업이다. 연구비를 주십사 호소하는 계획서를 심사하는 이는 동료 과학자이다. 연구 계획서를 통해 동료 과학자를 설득하고 연구비를 지원받아야만 연구가 시작될 수 있다. 우리 연구가 이렇게 중요하니 연구비를 지원해 주세요! 결국에는 이 단순한 이야기를 하고 싶은 것이지만, 다른 연구자를 설득해야 하니 사전에 확보된 연구 성과와 탄탄한 논리로 뒷받침한 단단하고 야무진 계획서를 준비해야 한다. 이미 사전 실험 결과를 충분히 쌓아 새로 시작하는 연구가 허무맹랑하지 않고 가능한 일이라는 것을 보여야 하고, 해당 분야의 배경을 짚어 냄으로써 우리 연구가 어떤 점에서 새롭고 중요한 연구인지도 드러내야 한다. 글쓰기가 연구자에게 꼭 필요한 기량 중 하나로 꼽히는 이유도 이 때문이다. 연구비 확보 경쟁도 나름 치열해서, 보통 지원자 둘 중 하나는 떨어지고, 심하면 지원자 다섯 명 중 한 명만 선정되는 일도 적지 않다.

*

연구비가 선정되든 안 되든, 연구는 계속된다. 물론 연구비 지원했던 게 죄다 떨어져 더 이상 쓸 돈이 없어지면 정말 난감해진다. 연구원들이 인건비를 못 받게 되는 건 물론이거니와 실험 재료를 살 돈도 없어 연구를 중단하게 되는 경우도 종종 발생한다.

이때 만약 박사과정이라면 인건비가 없다고 연구실을 옮기기도 어렵다. 지도교수와 함께 몇 년은 연구를 해왔을 텐데, 그 일을 포기하고 다른 일을 새로 시작한다면 다시 몇 년은 시간을 쏟아야 하기 때문이다. 그야말로, 진

퇴양난. 문자 그대로 오갈 데 없는 상황에 처하게 되는 것이다. 어떻게든 연구를 지속해야 하니 다른 데서 인건비를 메우기도 하고, 교수 이름으로 빚을 지고 재료를 구매하기도 한다. 연구 성과를 기반으로 논문을 내야만 다음 연구비라도 노려볼 수 있기 때문이다. 물론 연구비에 선정된다해도 이런 사정은 크게 달라지지 않는다. 다음 연구비를 지원할 때 요구되는 기존 연구 실적과 사전 연구 성과를 만들어 두어야 하기 때문이다. 연구비 선정에서 언제 떨어질지 모르니, 연구를 계속하고 싶다면 끊임없이 연구를 하는 수밖에 없다.

연구비가 확보되고 나면 논문의 글감을 마련하는 일을 시작할 수 있다. 논문이라는 이야기는 실험 결과라는 소재가 곳곳에 녹아 있는 글이다. 그러니 실험 결과를 마련해야 하고, 그 결과를 논리에 맞게 잘 정리해야 한다. 실험 하나하나는 물론 그 자체로 의미가 있지만, 한데 엮여 하나의 이야기로 완성되면 개별 실험 결과에서는 보이지 않던 중요한 의미가 드러날 수 있기 때문이다. 좋은 대사를 적절한 장면에 넣어야 드라마가 더 재밌고 풍성해지는 것처럼 말이다. 그러니 애초에 연구 계획서에 담겨 있던 중요한 이야기를 논문으로 써 내려 갈 수 있도록 그에 걸맞은 실험을 진행해야 한다. 물론 그 과정에서 예상하지 못했던 실패를 맞이하거나 생각지도 못한 성공으로 이르게 될 수도 있다.

그렇다 해도 결국 논문 또한 하나의 글이며 좋은 글을 쓰는 게 중요하다는 사실은 변하지 않는다.

밥벌이, 연구

지금 한국에서 1인 가구로 사는 사람을 100명이라고 한다면, 돈 많이 버는 사람부터 줄 세웠을 때 50등인 사람의 소득은 194만 원(2022년 e-나라지표를 참고했다)이라고 한다. 나머지 51등부터 100등을 포함해서 절반 이상이 200만 원도 안 되는 돈으로 한 달을 살아가는 것이다. 이 돈이면 내 한 몸 건사하기도 어려운데 무슨 저축을 하고 노후 준비를 하겠는가. 치솟는 전세 자금을 감당할 수도 없으니 계속해서 월세살이를 할 수밖에 없다. 나이가 들면 건강도 나빠질 텐데, 없이 살수록 점점 돈 모으기 힘든 상황으로 치달을 수밖에 없다. 상당수가 이러고 산다.

*

연구자들은 어떨까? 연구자들도 대부분 그러고 산다. 박사라는 그럴싸한 이름을 걷어 내면 텅 빈 통장 잔고만 남는다. 이공계 대학원생은 다른 계열을 전공하는 대학원생과 비교하면 상황이 썩 나은 편이라고 하지만 주머니 사정이 빡빡한 건 다를 바 없다.

상당수 이공계 연구실은 정부나 기업에서 수주한 연구비로 운영되고 그중 일부를 인건비로 받는다. 분야마다, 연구실마다 월급이야 천차만별이지만, 내가 대학원을 다닐 때만 해도 생명과학 계열 전공은 석사과정 120만 원, 박사과정 150만 원 정도가 보통이었다. 등록금을 내면 한 달에 60만 원이 추가로 빠져나가 60만 원에서 90만 원 정도가 남았다. 내가 대학원 생활을 처음 시작했을 때는 한 달 최저임금이 120만 원 정도였으니 그야말로 최저임금 절반 정도로 생활했던 것이다. 사실 여느 생명과 연구실을 가든 대부분 이만큼 받고 일주일에 60시간은 족히 일했다. 그때는 경제적 감각도 없었던 시절이라 별 생각도 없었다. 시간외 근무나 추가수당 같은 걸 모조리 제한다고 쳐도 1.5배 더 일하고 50퍼센트 적게 받는 상황이었는데 그땐 그저 월급이 적다는 생각 정도만 했지, 이렇게는 못 살겠단 생각까진 해 보질 못했다.

연차가 쌓인 뒤에는 조금씩 돈이 쌓였다. 최저임금도 180만 원까지 올랐는데 나는 당시 지도교수님이 잘 챙겨 주셔서 딱 최저임금만큼의 월급을 받고 있었다. 물론 그때는 논문 쓴다고 일주일에 80시간 넘게 일했기 때문에 시급으로 따지면 최저임금 절반 정도이긴 했지만.

아침 8시에 눈을 뜨면 씻고 바로 연구실로 향했고, 하루 종일 컴퓨터와 씨름하다 밤 11시에 퇴근했다. 퇴근 후에도 계속 일하다 온 상태라 그런지 온몸에 긴장이 가득했고, 잠도 오질 않아 버둥거리다 새벽 2시쯤 잠들었다. 눈뜨면 다시 출근했다. 주말에는 그나마 상황이 나았는데, 그래도 늦잠 자고 12시쯤 일어나도 괜찮았기 때문이다. 퇴근시간은 다르지 않았다. 그렇게 1년 가까이를 보냈고, 그러다 보니 돈 쓸 시간이 아예 없어서 최저임금을 받으면서도 돈은 쌓였다. 물론 병도 쌓였다. 없던 알레르기가 두어 개 생겼고, 몸무게는 쭉쭉 늘고 있었다.

그때쯤 '이러고 살아야 하나'라는 생각이 강하게 들었다. 물론 그렇게 살 때도 같이 일하는 사람들이 워낙 훌륭해 연구는 재밌었지만 삶이 너무 피폐해지고 있었다. 잠을 잘 못 자니 짜증이 가득한 수준을 넘어 방금 전에 했던 말도 했는지 안 했는지 기억이 잘 나지 않았고, 거의 항상 몽롱해서 술 한 방울 마시지 않는데도 뇌가 술에 절여진 느낌으로 매일을 보냈다. 이러다간 진짜 죽겠단 생각이 들었다.

더 큰 문제는 친하게 지내던 박사, 내 가까운 미래일 사람이 훨씬 더 고통받고 있었다는 거였다. 내가 서른에 월 180만 원을 받을 무렵, 나보다 나이가 많던 그 양반은 나랑 거의 비슷한 삶을 살면서도 몇 년 동안 변치 않은 세전 250만 원을 월급으로 받았다.

심지어 미래도 안 보였다. 나보다 훨씬 똑똑하고 연구

를 잘하던 그 박사도 취직을 못하고 있었기 때문이다. 그렇게 잘난 사람조차 사회에 나가서 안정적으로 일할 곳이 없었다. 이렇게까지 했는데도 취직이 안 된다니. 나는 그 박사보다 잘할 자신이 없었다. 스물여섯, 연구실에 들어올 때만 해도 월급이 적긴 해도 연구로 밥벌이는 계속할 수 있을 줄 알았는데. 사소한 꿈인 줄 알았던 것조차 점점 허황된 꿈처럼 느껴졌다.

　"이러고 살면 나이 마흔에 요절하거나, 건강 악화돼서 병원 신세지게 되지 않을까요? 이 정도 월급으로는 나중에 병원비도 감당 못하겠지만요."

　이런 생각이 자꾸만 들었다.

　논문이 마무리 되면서, 그 피폐하던 삶도 끝을 맺었다. 닷새 동안 휴가를 내서 주말 포함 총 9일을 쉬었다. 물론 그렇게 쉰다고 해서 다 망가진 건강이 돌아오진 않았다. 내가 상식이 있고 합리적으로 사고할 수 있는 사람이라면 여기서 이러고는 못 산다, 학계를 떠나서 스스로에 대한 학대를 멈춰야 한다, 뭐 이런 생각을 실행으로 옮겼을 거다. 그런데 그러질 못했다. 출근하면 진짜 쓰러지겠다 싶어 강제로 쉬고 있었지만, 딱히 할 게 없었다. 멀뚱멀뚱 있는 시간에 연구실 가서 논문이나 읽고 일이나 하고 싶은 마음이 샘솟았다.

　그러다 다시 출근하기 시작했다. 출근하니까 또 삶이

버거워서 탈출해야 한다는 생각이 계속 치밀어 입으로는 아주 욕을 욕을 쏟아 냈지만, 몸은 신나서 다음 논문 주제를 찾아 헤매고 있었다. 매일 같이 입으로만 욕하면서 새로운 일을 찾아 이리저리 열심히 기웃거리고 있을 무렵, 갑자기 선생님이 따로 부르셨다.

"준아, 다음 학기에 졸업하자."

그러곤 스스로 탈출하기도 전에 박사가 돼서 연구실에서 쫓겨나 버리고 말았다. 박사는 이렇게 되는 것이었나?

3년짜리 연구자의 삶

박사를 받고 나면 보통은 가능한 빨리 외국으로 떠난다. 한 단계 더 발전할 수 있는 연구 환경 때문이다. 나는 영국에 있는 생어 연구소Sanger Institute라는 곳에 가고 싶었다. 그곳은 20세기 말 인간 유전체 지도 작성을 선도했을 뿐만 아니라 당시에도 훌륭한 연구를 계속해서 내놓는 정말 좋은 연구소였다. 그런데 사정이 여의치 않아 졸업 후 1년 정도 지켜보는 사이에 코로나19로 인해 영국 상황이 안좋다는 소식이 꾸준히 들렸다. 심지어 유럽연합을 탈퇴해 외국인이 연구하기 어려워졌다는 소문까지 들려왔다.

물론 지원한다고 해서 갈 수 있을지 없을지도 모르는 상황이었고, 막상 실제로 가 보면 내가 꿈꾸던 훌륭한 연구

환경을 제공받았을지도 모르겠다. 그렇지만 나의 계획과는 달리 하나둘 꼬이는 상황을 보니 그냥 한국에서 연구를 계속하다가 최대한 빨리 일자리를 알아보는 것도 좋겠다는 판단이 들었다. 운이 좋아 3년짜리 인건비를 확보할 수 있게 된 것도 영향을 줬다. 일단 3년은 한국에서 열심히 일하면서 일자리를 알아볼 수 있는 여건이 마련됐기 때문이다.

*

새로 받게 된 3년짜리 인건비는 미래를 꿈꿀 수 있을 만큼 충분했다. 다른 대학원생들보다는 형편이 좋았지만, 박사과정 동안 받던 최저임금으로는 집을 사기는커녕 평생 모아도 전세 자금 모으기도 불가능할 게 뻔히 보였다. 그러니 평생 월세살이나 하면서 살겠구나, 목돈 모으기는 힘들 것 같으니 쫓겨나지 않으면 다행이겠다, 생각하며 사는 게 당연했다. 그렇게 연구하는 것 외에는 죄다 포기하면서 살고 있었는데 월급이 늘어나게 된 거다. 덕분에 예전보다 더 많은 돈을 저축할 수 있게 됐다. 통장에 쌓이는 돈을 보니 나도 모르게 웃음이 나더라. 아무래도 힘들었던 건 월급이 적어서 그랬던 게 아닐까?

"그래, 연구가 아무리 좋다고 해도 일단 먹고사는 게 먼저지!"

앞날을 준비할 수 있는 3년짜리 여유가 생긴 것이다. 게다가 이 인건비는 나의 독립성도 보장해줬다. 박사가 됐다는 건 독립연구자로 일할 수 있는 자격을 획득하게 됐다는 이야기지만, 돈 없이 독립적으로 연구를 하는 건 불가능하다. 생명과학처럼 돈 많이 드는 분야는 특히 더 그렇다. 본격적으로 일하려면 한 대에 수억 원은 족히 드는 장비가 여러 대 필요하고, 실험 재료비만 해도 한 프로젝트에 돈 천만 원은 우습게 들어가기 때문이다. 그러니 이런 장비와 재료비를 대 줄 수 있는 연구실이나 연구소에 합류해 일하는 수밖에 없고, 독립적이라기보다는 어딘가에 속한 채 일하고 배우는 게 보통이다.

그런데 나는 하던 일을 확장하면서도 독립적으로 일할 수 있게 된 거다. 여러모로 운이 좋았다. 일단 박사 지도교수인 내 선생님이 고성능 컴퓨터를 편하게 쓸 수 있도록 배려해 주신 덕분에 몇천만 원을 아낄 수 있었다. 또 내가 주로 분석하는 대상이었던 유전자 정보는 회사에 외주를 맡기면 데이터를 대량으로 생산하기도 편해서, 비싼 장비 없이 재료비만으로 연구가 가능했다. 게다가 내가 지닌 전문성을 필요로 하는 분들의 수도 충분했다. 아직 재료비나 연구 공간이 없으니 완전히 독립한 것은 아니지만, 적어도 인건비 측면에서는 독립연구자로서 보다 동등하게 공동 연구를 할 수 있는 기회가 생긴 것이다.

그럼에도 불구하고,

*

　지금은 그렇게 시작하게 된 연구들이 정말이지 너무 흥미로워서, 다른 밥벌이 찾아야겠다는 걱정을 할 겨를도 없이 즐겁게 연구를 하고 있다. 나는 지금도 여전히 행복회로를 거칠게 태우고 있다. 이번에 따낸 연구비로 3년 동안은 마음 편히 연구할 수 있게 됐던 것처럼, 불안정하긴 해도 지금처럼 연구를 계속할 수 있지 않을까? 지금 하고 있는 연구를 정리해 논문으로 발표하고 그런 성과들이 하나둘 쌓이다 보면, 조만간 몇 년은 걱정 없이 연구할 수 있는 인건비를 또 확보하는 게 가능할지도 모른다. 그러면 다시 같은 일을 반복하고, 계속해서 연구를 할 수 있겠지.

　연구를 한다는 건 꾸준히 새로운 일을 찾아야 하는 것이다. 그래서 늘 내 주변과 삶, 나아가 세상의 작은 부분까지도 관심을 가져야 한다. 나는 이런 게 재밌다. 끊임없이 즐길거리가 생겨나는 게임처럼, 생명과학이라는 이 현실 속 게임에는 새롭고 흥미로운 일거리가 넘쳐난다. 게다가 이렇게 주어진 일을 처리해 논문으로 발표하고, 이를 통해 학계에서 내가 한 일을 인정받으며 내가 머물다 갈 이 세상에 조금이라도 기여할 수 있다니. 그러니 이 일을 계속하는 수밖에 없을 것 같다. 아, 물론 밥벌이가 끊어지기 전까지는 말이다.

연구는 계속된다

폭설 속에서도 얼어붙지 않고 살아남은 생물들을 채집한 뒤로는 더 극심한 환경 속에서 살아남은 생물들을 찾기 시작했다. 폭설, 폭우, 폭염, 태풍 등 기상청에서 심상치 않은 일기예보를 내보내면 나는 일부러 제주도로 갔다. 우산 따위는 소용도 없는 폭우 속에서도, 온몸에서 땀을 뽑아내는 듯한 폭염 속에서도, 무거운 몸뚱이조차 날려버리는 태풍 속에서도, 어금니 꽉 깨물고 "고맙다"라고 외치며 썩은 과일을 수집했다. 벌레들은 그런 악천후 속에서도 꾸역꾸역 잘도 삶을 이어나가고 있었다.

"아니 무슨 이럴 때도 안 죽고 살아 있냐."

이런 끔찍한 환경 속에서도, 누군가는 환경이 바뀌길 기다리며 버티고 살아가고 있는 것이다. 제주도에서 채집한 벌레들은 자연의 비밀을 담고 있다. 이 생물들은 지금까지 깊이 있게 연구된 바가 없는 쓸모없는 존재들이었다. 얘네들을 연구할 바엔 다른 생물 연구하는 게 더 쉬운 일이었기 때문이다. 그러나 기술이 발전한 덕분에 이 쓸모없는 생물들도 쉽게 연구할 수 있게 됐고, 그 덕분에 언제나 그곳에 있었지만 단 한 번도 밝혀진 바 없는 자연의 비밀을 들여다볼 수 있게 됐다. 지구상의 누구도 알고 있지 못했던 그 진화를 말이다.

심지어 연구를 시작했던 나도 '이런 진화 흔적이 있으

면 좋겠다' 정도로 어렴풋이 희망만 하고 있던 것이 실제로 존재하는 사실이라는 걸 확인했을 때, 주변에 아무것도 없는 걸 확인하고는 나지막이 감탄할 수밖에 없었다.

'혹시 나 천재인 거 아니야?'

물론 다음 날 같이 연구하는 분과 회의할 때는 정신 차리고 최대한 고상하게 말했다.

"운이 진짜 좋았네요. 이런 신기한 현상을 밝혀내다니. 이거면 졸업하실 수 있겠어요."

쓸모없는 생물로 취급되던 이 생물들 덕분에 나는 연구를 계속해서 할 수 있게 되었고, 함께 연구한 박사과정 한 명도 곧 졸업할 수 있게 됐다.

*

연구실 문을 닫고 나와 정류장에 서서 버스를 기다릴 때면 연구소가 한눈에 훤히 들어온다. 자정이 넘은 시간에도 몇몇 연구실은 불이 꺼지지 않고 환하게 타오르고 있다. 그 불빛들을 바라보며, 나는 나와 동료들이 함께 해 나갈 일들을 생각한다.

연구는 계속되고 있다. 생물들의 유전자 정보는 데이터로 바뀌어 컴퓨터 속에서 계속해서 쌓여 가고 있고, 이제는 이 데이터로부터 생물이 진화하며 남긴 흔적을 조사해야 하는 시간이다. 여전히 작은 실패는 계속되겠지만 연구는 나아갈 테고, 논문의 소재도 늘어갈 게 확실하다. 아무리 힘들다고 한들 여전히 나는 생물학을 사랑한다. 그리고 연구를 계속하는 것이야말로 내가 이 학문을, 내가 하는 이일을 사랑하는 방식이니까 때론 우직하게 때론 미련하게 내 자리를 지키며 나의 삶을 이어나가고 싶다.

18:00

월요일의 잡념들

박문수

박문수

'THE MUSEUM VISITOR' 디렉터.

@visitor_parkmoonsu

일을 시작한건 2016년 겨울이었다.

내 고향 부천에서 지금의 아내와 함께 아주 작게 사무실을 얻었다. 꼬물꼬물거리며 페인트칠도 하고 이케아에서 가구를 사다 나르는 일이 행복했다. 회사에서 정식으로 일해 본 경험 없이 바로 사업자를 내고 나는 대표 겸 디렉터가 되었다. 지금도 나는 회사를 설립한 게 내 생에 아주 잘한 일 중 하나라고 생각한다. 무모했지만 그 행위가 주는 에너지가 있었다.

일을 통해서 나를 표현하고자 하고 자아 정체성 또한 찾기를 바란다. 하지만 가끔은 '그것들이 사치인가?'라는 생각이 들기도 한다. 결국 일은 돈과 연관되어 있기 때문이다. 처음 브랜드를 만들었을 때, 스스로 일을 부여하고 원하는 것을 향해 나아가려고 한다는 사실만으로 기분이 참좋았다. 하지만 지금은 결과가 좋아야 기분이 좋다.

뭐가 달라졌을까?

곰곰이 생각하다 문득 고개를 돌려 보니 5년 동안 틈틈이 적었던 일기장이 눈앞에 있었다. 나의 지난 시간을 머금은 이 일기장은 조용히 그리고 아주 켜켜이 쌓여 있었다.

월요일의 잡념들

*

날짜 미상
아무 일도 없다는 듯이 그 '눈'을 찾고 싶다

어렸을 적부터 나에게는 무조건 내가 원하는 대로 될 거라는 믿음이 있었다. 그건 일종의 허세이기도 했다. 그리고 당시 살고 있는 동네가 작게 느껴질 때가 많았다. 더 크고 넓은 곳으로 가고 싶었고 그럴 때마다 답답함을 느끼며 문화적인 것들에 더욱 매료되었다.

예를 들면 음악 패션 서울 미국 등등. 특히나 나는 예술가와 옷을 굉장히 좋아했고, 그때 당시에는 그게 가장 멋진 거라고 생각했다. 예술가 하면 가장 먼저 떠오른 것은 캔버스 위에 그림을 그리는 것이었다. 고등학생 시절 미술학원은 안 가 봤지만 화방에 가서 멋진 붓, 스케치북, 펜 등을 사서 혼자 작업을 했다. 이 행위들은 일종의 무모함이었는데 그때는 그런 객기가 참 좋았다. 작은 차이지만 남들과 어떤 격차가 벌어지고 있다는 생각도 했다.

옷을 굉장히 좋아했다. 물론 남들에게 잘 보이고 싶어

서 좋아한 것도 맞지만 옷 자체가 좋았고 흥미로운 물건이라고 생각했다. 게임에 빠진 적은 없지만 어떤 옷이 올라오나 주야장천 커뮤니티 사이트를 구경한 적은 많았다.

　　나름의 학창시절을 보내고 스무살이 되던 해 패션디자인 전공으로 미국에 가게 된다. 건방진 이야기이지만 그때 당시 학교 선배들이 멋없어 보였고 여기에 계속 있다간 나도 저렇게 될 것 같다는 생각을 했다. 학과 수업 또한 지루했다. 더 창의적이고 즉흥적이고 깊이 있는 경험을 하고 싶다는 생각이 많아졌다. 그래서 6개월 만에 휴학을 하고 우연한 계기로 지금의 아내와 함께 베를린에 갔다. 3개월 남짓한 시간이었으니, 내겐 너무 짧은 시간이었다. 나는 곧 입대를 앞둔 나이가 되었고 주위의 생소함을 흡수할 시간이 얼마 남지 않음 또한 알고 있었다. 그래서 밤낮없이 시를 썼고, 그림도 많이 그렸다.

　　가끔 그때의 흔적들을 찾아볼 때면 마음이 아련해진다. 모든 감정에 예민했고 또 그것을 표현하려고 애썼다. 나를 속이기도 했고 일부러 슬픔에 빠지기도 했다. 일생일대의 아름다운 추억이었다. 영화 속 한 장면처럼 나는 어렸고 겁이 없었으며 새로움을 당연함으로 여기며 하루하루를 살았다. 무료함을 쿨함으로 생각했다. 또한 우울함과 서정적인 것을 구분하지 못하고 날마다 비를 쫄딱 맞은 기분으로 하루를 보내기도 했다. 그때는 차마 다 알지 못했지만 그 하루하루가 얼마나 귀했는지는 지금이 되어서야 알 수 있었다. 실제로 내 감성의 대부분은 그 시절에 완성되었다. 길을 찾아 하염없이 헤매는 사춘기도 소중한 자원인 것이다.

날짜 미상

독일

베를린에 도착했다.
베를린에선 생각을 참 많이 한다.

나는 결정할 수가 없다.
나는 품고 있는 부정을 구체화시킬 수도 없다.

책상 앞에 앉았다.
내가 나를 보고 있다.

나는 지금 시를 적고 있다.
동시에 푸념을 쏟아 담는다.

창작이란 무의식의 발걸음이고
예술은 최고의 사업이다.

'시대상'이란 단어가
자꾸만 나를 흔든다.

군대를 전역하고 바로 여행을 떠났다. 세계여행을 하며 좋은 경험을 많이 했다. 영국 인상주의 화가 윌리엄 터너의 그림에서나 볼 법한 더블린의 스산한 바다, 록 밴드 U2가 사는 집……. 예술을 품을 일상들을 접하며 그들은 어떤 생각을 했을까 궁금해 하기도 했다. 기네스 맥주도 많이 마셨다. 베를린의 예술적 움직임을 느꼈고, 사색하는 것이 얼마나 값진 일인지도 다시 알게 되었다. 뉴욕 맨해튼의 단칸방에서 혼자 그림을 그리다 문득 그런 생각이 들었다.

'이제 자본주의적 행위를 해야겠다.'

한마디로 돈을 벌어야겠다는 생각을 한 것이다. 그럼 어떤 것으로 돈을 벌까? 아무래도 나에겐 패션이 가장 어울리겠다. 당시에는 그림으로 돈을 벌기는 쉽지 않을 거라 생각했나 보다. 하지만 지금도 싫어하는 말 중 하나가 예술가는 돈이 없다는 말이다. 나는 예술가가 배고픈 것이 아니라 그 사람이 그런 거라고 생각한다. 그렇게 돈을 벌겠다고 결심하고 한국으로 돌아와 'THE MUSEUM VISITOR'라는 브랜드를 만들었다. 회사의 이름은 그때 당시의 나를 대변하는 이름이다. 새로운 나라에 도착하면 항상 가장 먼저 하는 것이 갤러리 혹은 가장 유명한 박물관에 가는 것이었다. 그 당시 나에게 브랜드 이름은 크게 중요하지 않았다. 다만 앞으로 내가 보여줄 세상에 많은 사람들이 공감해 주길 어린 마음으로 바랐다.

그렇게 나의 일은 시작되었다.

날짜미상

욕은 정말 '결과물'이다.
안으론 지속될 수 없나 보다.
가끔 너무 많이 와버렸다는 기분이 들면
한 가지씩 덜어내려 한다.

난 품위 있는 균형이 좋다.

창작은 자기의 이야기를 풀어가는 것이다. 멋지고 성공적인 건 모두가 갖고 있는 욕구이지만 모두가 손에 쥘 수 있는 게 아니라는 것 또한 안다. 그렇기에 불안하다. 내 이야기가 내 옷이 제대로 표현되지 않을까 봐 두렵다. 찬바람이 불면 영화 속에 있게 된다. 더 감성적으로 변하고 바람에 몸을 맡긴다. 나는 왜 이 새벽에도 일어나지 않은 일들을 생각하며 압박을 받을까?

나의 일은 일도 아니고, 나도 아니다. 두 얼굴이 조화를 이룸으로써 완성되는 미묘한 무언가다. 잘하면 좋은 평가를 받는다. 그러나 반대의 경우, 현실을 무시한 이상주의자가 되어 스스로 철없음을 증명하는 꼴이 된다. 나는 그게 싫다. 정확히 말하면 내가 고집한 길에서 완전한 찬사를 받고 싶었다. 비록 그게 욕심일 지라도. 아니 나를 과도하게 믿은 오만일지라도.

2018년 2월 28일

브랜드의 진전이 없어 보여 슬럼프다.

지속적으로 성장할 만한 발판이 보이지 않아 계속해서 피곤하다.

하나둘씩 나오는 샘플들을 보며

평가를 받기가 두려워지고

나 혼자 모든 걸 할 수 있으리라는 생각이 줄어든다.

애써 이루려 했던 것은 무엇이며,
무엇 때문에 슬프고 불안해지는지도 모르겠다.
진정으로 사람들에게 원해지는 건 무엇인지……

스카프 샘플이 나왔다.
다인이는 애매하다고 했다.

　　문득 일을 하며 가장 행복했을 때가 언제였을지 생각
해 본다. 나의 경우, 그게 무엇이 되었든 결과보단 과정에
서 재미를 느꼈다. 사진 촬영을 하더라도 결과보다는 그 작
업을 하면서 느꼈던 감정들이 더 좋았다. 디자인도 마찬가
지다. 이것저것 조합해 보는 과정이 피곤할 때도 있지만 결
과란 항상 현실적이고, 시퍼런 날을 세우며 나를 노려보는
것 같았다. 그래서 결과란 두려움으로 인식되기도 했다. 그
건 곧 누군가에게 평가를 받는다는 것인데 가끔은 가치관
까지 평가받는다는 기분이 들었다. 지금은 그러한 생각들
이 좀 덜하지만 브랜드를 막 시작했을 시기에는 자존심이
굉장히 중요한 요소였다. 남들을 이해시키지 못하는 나만
의 무언가를 고집하며 외골수처럼 모든 일을 진행했다. 혼

자 해야만 독창적인 작업을 할 수 있으리라 생각했고 좋은 결과물을 나의 공으로 삼을 수 있었다.

3년 동안 그렇게 하다 보니 조금씩 깨달았다. 사람들과 소통하지 않고, 돈이 될 수 없는 무언가를 만드는 건 회사의 의미에서 벗어난다는 걸 말이다. 나는 순수한 예술을 하는 게 아니었다. 회사를 운영하고 있다는 걸 그제서야 알게 되었다. 어떻게 보면 그때부터 고객에게 다가가는 제품을 만들고 그에 맞는 마케팅을 했다. 현실과의 타협을 가장 기피하고, 내가 존경했던 사람들처럼 멋지게만 보이고 싶었는데, 알고 보니 그들도 나와 같은 상황 혹은 나보다 더 타협하거나 비굴함을 겪을 만한 일들이 많았더라. 사람은 보고 싶은 것만 보니까, 그런 현실적인 부분들은 가려져 있었던 거다. 이 모든 게 과정이었다.

회사든 예술이든 영리해야 한다고 생각한다. 보여지는 것 과 실제 갖고 있는 것, 누군가에게 필요로 하게 되는 것 등 잘 구분하여 조합해 내는 영리함이 필요하다.

딱 반 발짝만 앞서 나가면 좋다.

월요일의 잡념들

날짜 미상

오랜만이다. 매너리즘에 지쳐 도서관을 찾았다.
이곳에선 항상 지겨운 성실함이 스멀스멀 깔려 있다.
열성을 다해 행위를 하고 계신 분들을 보며
지나간 첫 마음을 떠올린다.

이런 곳이야말로 마음을 수면 위로 올릴 장소이기도 하다.
사람들의 말이 지천에 퍼지면 혼란스러워진다.
몸도 피곤해질 뿐더러 의무감에 잿더미가 될 뿐이다.

돈이 없으면 참 슬퍼지더라.

자본주의 사회이기 때문에 그렇겠지만, 비어 가는 통장 잔고를 확인하는 순간 내가 쓸모없는 존재라는 생각까지 하기도 했었다. 복잡한 머리를 이고 거리로 나설 때면 거리는 황량하고 바위처럼 딱딱했다. 일을 하며 가장 힘들었던 건 돈을 벌지 못했을 시기였다. 벌지 않은 건지, 못 번건지는 문제가 아니었다. 그냥 돈이 없어지면 그제서야 알 게 된다. 당연하게 여겼던 모든 것들이 소중하고, 값지고, 아름답다는 것을. 무능함이라는 게 얼마나 큰 슬픔을 주는지를.

일이란 항상 상대적으로 진행된다. 기쁨의 감정과 함께 뿌듯함이 이로 말할 수 없을 정도로 차올랐다가 순식간에 어려움에 맞닥뜨려 바닥을 칠 때가 있다. 그야말로 롤러코스터를 타는 거다.

글을 적다 보니 일의 부정적 영향만 적은 것 같다. 그건 물론 나의 지금 상황이 성장통에 있기 때문일 수도 있다. 성장통은 성장을 하고 있기 때문에 겪는 아픔인데, 자칫 그 아픔을 착각하지 말았으면 한다. 이건 내가 나에게 해 주고 싶은 이야기다.

날짜 미상

프랑스에서의 일을 마치고

파리에서의 생활을 즐기면서도

한편으론 초조해하는 모습이 보인다.

쇼룸은 전보다 따뜻하다.

브랜드의 승패가 한눈에 보이는 곳에 있으니

조바심이 생길 때가 많다.

그럴 때마다 스스로를 격려하고

인내해야 하는 것 또한 알고 있다.

세상을 살면서 어려운 것 중 한 가지가

아는 것을 행동으로 옮기는 것이다. (주위를 살피게 된다.)
THE MUSEUM VISITOR의 행보에 대해서 고민한다.
지속적인 활동과 그 범위를 넓혀 가는 것,
그리고 약속된 계약 안에서 최선을 다할 것,
지나온 시간들의 피드백을 꼭 기억할 것.

프랑스 독일 미국 등 여러 나라를 가 보며, '같은 필드에서 활동하는데 왜 나는 안될까'라는 생각을 많이 했다. 또 각국에서 활발하게 활동하는 또래의 디자이너들 작가들 뮤지션들과 나를 비교해 가며 스스로를 너무 못살게 굴었다.

하지만 내가 선망하는 그들도 그런 늪에 빠져 있지 않을까? 사람은 다 똑같으니깐. 가장 높은 꼭대기란 사실 보이는 것이 아니니깐. 솔직히 지금도 욕망은 현재진행형이지만 그 에너지를 잘 달래 가며 좋은 곳에 나눠 쓰고 싶다.

처음 해외에 나갈 땐 이런 생각을 했다.
'이곳을 비즈니스 때문에 오면 얼마나 멋질까.'
그리고 비즈니스 때문에 왔을 땐 이런 생각을 했다.
'슬프고 아쉽기만 하다. 왜 성공하지 못했을까?'

시점에 따라 성공하지 못한 비즈니스 출장도 누군가 에겐 성공이고 목표일텐데…….

참으로 역설이다.
소중함을 잠시 잊어버린 것이다.

2018년 11월 24일

어제도 일찍 잠이 들었다.
또 불을 켜 놓은 채 잠이 들었다.
새벽에 잠시 일어났을 때에는 눈물이 땀범벅이었다
그 와중에도 옷을 갈아입고 다시 잠을 청했다.

나는 아주 잘 살고 잘 지내고 있다고 생각한다. 누구 나 그렇듯 인생 1회차에 이 정도면 훌륭하다. 가끔 남들의 눈치를 보고 걱정도 했다가 불안도 하고 행복하기도 하고 취하기도 한다. 하지만 그게 삶이란 걸 알게 된다. 별 게 아 니다. 일은 인생이다. 인생도 일종의 과업과 같으니까.

날짜 미상

여러 가지 문제 아닌 문제들,

수면 위로 드러나기 시작한 무형의 생각들이

우리 곁에 자리 잡는다.

오늘 아침에 옅은 안개가 서울 시내를 덮었다.

요즘 읽고 있는 《무진기행》이 떠올랐다.

회사를 운영하고 있는 분들과 만나 이야기를 나눠 보면 흥미로운 점이 많다. 회사는 대표가 운영하는 게 아니라 팀원들이 운영해 나가는 거라는 생각이 들었다. 배를 항해할 때 실제 동력이 되는 건 선원들이다. 선장은 주변 상황들을 예의 주시하며 신경을 곤두세워 올바른 방향으로 동력이 전달될 수 있게끔 안내하는 역할일 뿐이다. 이전엔 나를 앞세워야만 한다고 합리화했다. 하지만 이제 안다. 회사에 감도는 따뜻함과 행복한 기운이 회사를 굴러가게 한다는 것을. 나는 회사 공동체 전부에게 해당되는 아름다움을 원한다.

월요일의 잡념들

날짜 미상

가끔 너무 호화스럽게 작업을 이어가고 있지 않나 생각한다.

그러곤 불안에 빠진다.

여기서 이 불안은 인간이라면 누구나 갖고 있는 감정이다.

나, 너, 우리, 모두.

만약 불안에서 벗어나고 싶으면 작은 행동을 취하면 된다.

불평은 글이면 된다.

글을 쓰고 준비된 일처리를 당연하듯이 진행하면 된다.

가끔 저녁에 몰래 사무실로 돌아와 사색에 잠기곤 한다. 쓸쓸히 자리 잡고 있는 회의 테이블을 보며 그간 많은 일들을 해냈고 또 지나갔구나 회상한다. 그리고 나도 아직 이곳에 서 있구나 생각한다. 복잡하고 미묘하지만 삶은 아름답다고 깨닫는 순간이다. 아주 아픈 경험을 하고 난 후엔 꼭 이렇게 아름다운 경험을 하게 된다.

마음이 뭐가 그렇게 중요할까 생각하다가도 결국은 마음이 모든 걸 다할 때가 있다. 기분이 뭐 그리 중요하냐마는 기분이 시간의 주인일 때가 있다. 대표로서 항상 무엇이 더 도움이 되고 무엇을 줘야 할지 생각하다 보면 마음이

고갈된다. 그럼 늦은 시간이라도 차를 끌고 밖으로 나가 노래도 틀지 않고 정적 속에서 30분 이상 달린다.

달려도 마음은 여전히 그대로지만 그래도 달린다.

18년 12월 5일

오늘 아침 하늘은 무척이나 희망적이었다.

그리고 사무실에 앉아 있다. 지금 이상하게

어제 저녁 퇴근할 때의 피로가 아직도 느껴진다.

고됨이 반복되는 느낌이랄까?

어느 때이건 시대를 관통하고 넘어선 사람들이 존재하더라.

그게 내가 되기로 결정했다.

승리로 믿고 나가는 기분으로 아니, 행동으로.

그게 내가 되기로 결정했다.

나를 선택하는 건 '나'이기에 결정을 했을 뿐이다.

약간은 몽롱하고 해야 할 일들은 여행가방처럼 무겁지만

이건 멋진 여행을 위한 짐일 뿐이다.

최근 들어 일에 대한 생각이 조금씩 바뀌는 중이다.
일이 삶과 직결된다고 생각한 이후 몰아치듯 행동하지 않

으려 주의를 기울이고 있다. 《도덕경》을 읽으며 좀 더 겸손한 마음을 갖게 되었고 작은 일들이 곧 큰일이 되는 걸 느꼈다. 지금 적고 있는 글자 하나하나가 곧 문장이 되고 책이 되는 것처럼 말이다.

나를 받아들이고 사랑하고 찾는 과정이 자연스럽게 이뤄질 때 최대의 퍼포먼스가 나온다. Work and life balance라는 말이 있지만 나는 Work is life, life is work라고 생각한다. 우리가 밥을 먹고 청소를 하고 잠을 자는 과정처럼 일은 단지 나의 하루를 보내는 과정이라고 생각한다. 그 과정에 목숨을 걸 필요도 권태를 느낄 필요도 없다. 그저 오늘이라는 하루에 주어진 것들을 감사한 마음으로 행하면 된다. 그렇게 하루가 완성이 된다. 잘 보낸 하루의 짜릿함을 한 번쯤 겪어 본 이라면 그게 얼마나 소중한지 알 것이다. 집중하려 노력했던 나의 모습, 잘해 보려 노력했던 나의 모습처럼 아름다운 건 없다. 스스로가 인정해 줘야 한다. 열심히 살았다고. 그렇게 하루하루가 쌓여 나의 삶이 된다.

*

지난 일기들을 보며 슬프고 불안하고 우울한 이야기들이 가득이었지만 그간 고생했다며, 나에게 참으로 대견

하고 칭찬해 주고 싶다. 힘들 때마다 꾸역꾸역 일기를 쓰며 마음을 다잡았다. 한 치 앞도 보이지 않을 때 글과 그림으로 나를 보호했던 것 같다. 그때는 일기 쓸 시간에 뭐라도 해야 하지 않을까 걱정했지만 결국 쓰길 잘했다. 결국 그리길 잘했다. 그리고 버티길 정말 잘했다.

월요일은 어떤 의미로 우리를 긴장시키는가. 아무 일 없다는 듯이 세상은 돌아가는데, 아니 흘러가는데⋯⋯. 잠시 멈춰 있던 우리는 오늘도 계속 질문만 늘려 간다.

작년에 바로 이맘때쯤 나는 어디서 무엇을 했는지 생각해 보자. 그간 많이 성장했다. 그만큼 우리를 원하는 사람들의 수요를 늘리고 싶다. 그렇게 하려면 어떻게 해야 할까 생각해 본다. 결국은 끝까지 표출하는 길뿐이라고 생각한다. 하루하루 그날 표현할 수 있는 것들을 해 나가고 또 그 노력들이 빛이 날 때까지 정답 없는 문제지를 풀어 나가는 것이다. 때로는 문제를 직접 만들기도 하면서 말이다. 지금 이 글도 그 맥락의 하나이다. 표출이다. 무조건 표현하는 거다. 내가 그리고 우리가 더 나은 방향으로 살아갈 수 있게.

그렇게 월요일의 잡념을 마무리한다.

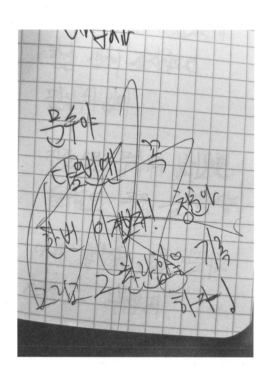

퇴근을 하며

전화 업무가 제일 힘들었던 사원은 자라서
전화 업무가 제일 쉬운 대리가 되었다.

임진아

해가 지기 전에 퇴근을 해서 이른 저녁에 밥을 먹고 반려견 키키와 산책을 마친다. 매일 향하는 오늘의 목적지에는 대부분 이 시간에 도착한다. 작업실 창문에 내가 비치지 않은 시간. 신발을 신으며 센서등을 신경 쓰지 않아도 되는 시간. 퇴근하는 사람들과 섞여 퇴근을 하는 시간. 모든 할 일을 마치고 집에 돌아오면 하루 종일 입던 옷을 벗은 것처럼 개운해진다. 잠옷으로 갈아입을 때의 마음이, 나에게는 온전한 퇴근을 의미한다. 더 이상 현관문 밖을 나가지 않고, 더 이상 메일함을 열어 보지 않아도 되는 시간에 도착했을 때에야 비로소 나는 거실 바닥에 앉아 아무래도 좋을 시간을 보낸다.

이런 저녁을 맞이한 지는 얼마 되지 않았다. 프리랜서에게 퇴근이란 그저 막연한 시간이기만 했다. 언제라도 일할 수 있다는 마음이 날카로운 면을 보이기 시작한 것이다. 경계가 없이 지내는 하루가 얼마나 무서운지 그제야 알았다. 10년 동안 회사 생활을 지속할 수 있던 건, 분명하게 분간이 되는 지점들이 있었기 때문이다. 일을 온전히 잊는 시간을 자연스레 겪어야, 일로 가져갈 수 있을지도 모를 알맹이들을 꾸밈없이 챙길 수 있다. 이런 모습을 그려 볼까, 이런 이야기를 써 볼까 하는 기운은 그 일을 하지 않을 때에야 슬그머니 떠오르니 말이다.

퇴근의 마음은 일하며 얻지 못한 것들을 얼마든지 성취하고자 함에 있다. 일을 하며 성취감을 느끼기란 쉽지 않다. 끝났다! 하는 기가 막힌 팡파르가 울리는 것도 아니고, 정말 잘했어요! 하는 도장이 찍히는 것도 아니다. 잘한 건가? 끝난 건가? 하는 사이에 이미 다른 일에 집중하며 묵묵하게 살 뿐이다. 오늘도 무사히 고요한 집에 도착했다. 가장 편한 잠옷을 입고서 나에게 맞는 자잘한 성취감을 느끼며 하루를 미련 없이 보낸다. 뜨거운 물에 목욕을 한 뒤, 차 한 잔과 전병 과자를 테이블에 놓고 게임을 하는 시간. 팔 하나를 천장으로 번쩍 들면서 "겨우 이겼다!" 하며 진짜로 기뻐할 때면 오늘치 성취를 다 챙긴 것만 같다.

잘한 것 같은 부분을 녹화했다가 게임이 끝난 후에 모니터를 하며 나름의 분석을 하고, 유튜브 영상을 찾으며 공격 스킬을 익힌다. 안 해 본 게임에, 여러 나라의 사람들과 팀원이 되어, 방해가 되지 않고 오히려 팀을 이끄는 사람으로서, 5분의 게임 후에 다시 뿔뿔이 흩어지는 세상. 내일 밤에도 다시 여기로 도착하기로 약속을 한다.

다시 아침이 되면 커피와 빵을 먹고, 도시락을 싸고, 출근을 한다. 모니터와 종이만을 바라보며 오후를 빼곡히 지내면 다시금 퇴근의 시간이 찾아온다. 나를 어렵게 사용한 후에 맞이하는 아주 단순하게 웃는 시간. 하루의 만족감은 이렇게 아슬아슬하게 채워진다.

천현우

　한참 자존감이 바닥을 치던 스물다섯 시절, 빚을 갚기 위해선 매일매일 잔업을 해야 했어요. 7월의 어느 금요일, 통근차가 없어서 시내버스를 탔죠. 땀에 찌든 옷을 입은 채 걸레짝이 된 몸으로 만원 버스에 올랐어요. 그땐 열심히 일했다는 자부심 따윈 느낄 새도 없었죠. 버스 안 모든 승객이 기름내와 용접 흄 냄새 풍기는 절 불쾌하게 여길 것 같아 불안했어요. 2인 좌석에 쪼그려 앉아 있는 동안, 만원 버스임에도 제 옆에 누구도 앉지 않는 현실을 보며 예감은 확신이 됐죠.

　돌이켜 보면 그땐 그저 저만 힘든 줄 알았어요. 근데

아니더군요. 버스 안 모두가 각자의 힘든 일상을 꾹꾹 참다가 휴일에 비워 내는 것이더군요. 글에선 좋은 말만 했지만 사실 일의 본질에 힘듦이 빠질 순 없는 거 같아요. 그렇기에 일을 잘하는 것만큼 잘 쉬기도 중요합니다. 저 같은 경우 바깥 날씨가 좋은 날엔 헤드폰 쓰고 하루 종일 산책을 해요. 음악을 들으며 무작정 걷다 보면 머릿속에서 흐물흐물하던 생각들이 또렷해지면서 하루가 정리되는 느낌이 들더라고요.

독자 여러분들도 퇴근 후 각자 나름의 휴식 방법이 있으시겠지요? 오늘은 그 휴식이 더욱 특별하길 기원합니다. 읽어 주셔서 고맙습니다!

하완

몇 달 동안 붙들고 있던 원고를 끝내고 이렇게 마지막 글을 쓰게 되다니, 커다란 짐을 내려놓은 듯 홀가분하고 날아갈 것 같은 기분입니다. 이 기분은 흡사 퇴근? 아니, 퇴사하는 기분과 맞먹는 후련함이라 말하고 싶네요. 잘했든 못했든 어쨌든 저는 최선을 다했고, 다시는 이 원고를 들여다보며 씨름하지 않아도 된다는 사실이 너무나도 좋습니다. 드디어 고통에서 벗어났다는 안도와 함께 힘든 것을 해냈다는 뿌듯함이 공존합니다. 이 맛에 일하는가 싶습니다.

저는 일에 대한 환상을 가지고 있었습니다. 너무 즐거워서 하고 싶은 마음이 매일매일 일어나는 일을 해야 한다는 환상. 맞습니다, 철이 없었죠. 이제는 압니다. 그런 일은 없다는 걸요. 일이란 기본적으로 힘이 듭니다. 아무리 내가 원하고 좋아하는 일이라 해도 그 속엔 여러 가지 괴로운 점이 있기 마련이죠. 그래서 일이 마냥 즐거울 수만은 없습니다.

행복이란 순간의 감정이라고 합니다. 찰나의 순간 '아, 행복하다' 느끼는 것이지 그런 기분이 계속해서 이어지지는 않는다고 하네요. 그렇기에 일하면서 행복을 느끼는 순간 역시 찰나일 수밖에 없습니다. 그 짧은 시간을 제외한 나머지는 괴로움과 평상심으로 채워져 있습니다. 우리의 삶 또한 그렇지 않던가요. 우리는 일하는 매 순간이 즐겁고 행복하길 바라지만 그건 불가능을 바라는 마음일지도 모르겠습니다. 저는 이제 불가능을 꿈꾸지 않습니다. 조금은 현실적으로 일을 바라봅니다. 괴롭고 힘든 게 당연하다 생각하며 일하다 보면 아주 가끔씩 찾아오는 짧은 희열의 순간을 맛보게 되겠지요. 갑자기 어느 영화 속 대사가 떠오릅니다.

"때때로 어떤 순간은 일생을 잊게 해 준다. 하지만 때때로 일생은 순간을 잊기엔 충분치 않다."

뭐, 그냥 그렇다고요. 다들 얼른 퇴근하세요. 모두들, 오늘도 수고 많으셨습니다.

김예지

오늘의 내 몫을 마친 하루가 지나갑니다. 노동으로 나를 먹여 살릴 수 있다는 충만함이 가득한 오후입니다만 그렇다고 마냥 행복한 기분은 아닙니다. 오늘 했던 일들 중 머리 아픈 일들이 여럿 있었고 어떤 것들은 도무지 어떻게 손을 봐야 할지 몰라서 자책을 하거나 자주 집중력을 잃었습니다.

내가 하는 일들은 나를 닮았습니다. 너무 당연한 말일지도 모르겠네요. 내가 해내는 일이니 날 안 닮은 것도 웃기잖아요? 그래서 일하며 마주하게 되는 이런 어수룩한 모습에 조금 시무룩해집니다. 마치 내가 그런 사람인 것만 같아서요. 한편으로는 내가 하는 일들이 누군가에게 어수룩하고 어눌해 보이는 건 아닐까 겁이 나기도 합니다.

하지만 반대로 일과 나는 별개이기도 합니다. 일하는 과정에서 어수룩한 나는 분명 존재하지만 완성된 일들은 결국 그런 내 모습을 잘도 숨기고 온전하고 떳떳하게 존재하기도 하니까요. 허둥지둥되더라도 결과에서 잘만 숨기면 됩니다. 나는 일을 다 마친 후 되도록 잡념도 함께 덮어 버립니다. 잘해서 좋았던 마음도 혹은 너무 모자라고 한심해서 힘들었던 마음도 일을 할 때만 열어 보려 합니다. 뭐 반성할 것이 있다면 일을 마친 후 참회의 시간을 조금 갖는 건 필요하겠지만요.

결국 일이란 것은 또 다른 방식으로 저를 알아가는 일인 것 같습니다. 여러 가지의 모습으로 존재하는 것 중 일하는 모습 또한 제가 많이 담겨 있기에 연차가 쌓여 가고 어떤 것들을 해결해 나가는 모습들 속에서 저는 자꾸만 뒤를 돌아봅니다. 지난 내가 잘 걸어오고 있는지 그리고 지금의 내가 잘 가고 있는지를 알고 싶어서요. 그렇게 스물넷에 첫 일을 얻고 서른넷이 된 지금까지 저는 숱한 저를 만났고 질문했고 답했습니다.

오늘은 그런 질문과 대답이 쌓인 제가 앉아 내 몫을 다 마쳤습니다. 오늘 쌓은 것들도 내일을 나아가는 길에 좋은 양분으로 쓰일 예정입니다. 저와 같이 또 자신을 발견한 하루에서 잘들 보내셨는지요. 일하느라 수고하셨습니다. 언제까지 먹고사는 일에 나 자신이 쓰일지는 모르지만, 다 하는 그날까지 우리 잘해 봅시다.

　아, 그럼 정말로 쉬러 가겠습니다.
　여러분도 좋은 휴식으로 하루를 잘 마무리하시길.

김준

힘들다, 죽겠다 말은 하지만 일하는 게 아주 끔찍하지만은 않습니다. 그 순간 집중해서 몰입하고 하나하나 해치우는 건 나름 통쾌하니까요. 그럼에도 불구하고 계속해서 먹고살 생각을 하면 해야 할 일이 너무 많으니 이렇게 힘든 것 같습니다. 일주일에 20시간 정도만 일하면서도 먹고살 수 있다면, 아니 일주일에 나흘만 일해도 된다면, 더할 나위 없이 즐거울지도 모를 일이죠. 아무래도 이번 생에는 그럴 일이 없을 것 같지만요. 그래도 일주일에 60시간 정도 일하면 밥벌이 이상으로 계속해서 먹고살 수는 있을 것 같습니다. 이 정도면 제가 기대하던 것보다는 훨씬 좋은 조건이네요. 한동안 희망찬 미래를 꿈꿔도 좋을 것 같습니다.

물론 연구라는 일로 밥벌이를 한다고 하면 어떤 부분은 다른 직업보다 안 좋긴 할 겁니다. 비슷한 정도로 공부를 한 사람이 연구가 아닌 다른 일을 하는 것과 비교하면, 연구자는 월급도 너무나 적고 미래도 불투명하니까요.

아주 적은 수의 사람들만이 안정된 삶을 살아가고, 대부분의 사람들은 안정된 삶을 꿈꾸며 기약 없이 일을 해야 하는 게 현실이라 생각해요. 이게 연구자라서 좀 도드라져 보일 뿐이지, 누구나 겪고 있는 현실이 아닐까 싶기도 합니다.

그렇지만 저는 이 일이 정말 좋습니다. 이런 단점을 모두 까먹고 살 정도로 말이죠. 계속해서 새로운 질문, 중요한 질문을 찾고 그 답을 찾아가는 일은 언제나 즐겁습니다. 좋은 사람들과 함께 일하고, 함께 성장하는 일이니까요. 앞으로도 계속해서 지금처럼 성장할 수 있을까, 이 부분이 살짝 걱정되긴 하지만요. 지금까지 한 일들은 운 좋게도 정말 잘 마무리됐고, 지금 하고 있는 일들은 그보다 재밌는 연구이니 더 기대가 됩니다. 그래서 일하는 게 설렌다고 말할 수 있을 정도로 말이죠.

그리고 조금 욕심도 내봅니다. 다가올 몇 년 동안 하

던 일만 하면서 뒤처지진 않을 거란 욕심 말입니다. 다시 한번 성장할 수 있도록, 지금하고 있는 일을 발전시켜 더 좋은 연구자가 될 수 있도록, 준비하려고 합니다. 이게 잘 갖춰지면 또 한동안은 걱정 없이 살 수 있겠죠. 더 좋은 사람으로 성장하고 더 좋은 기술을 하나하나 갖춰 나갈 수 있다면, 그때도 같이 일하고 싶은 연구자가 될 수 있을 것 같습니다. 그렇게 서너 번 정도 이 과정을 반복하다 보면 20년 정도는 훌쩍 지나지 않을까요? 아, 물론 그 과정이 너무 버겁진 않으면 좋겠습니다. 그래서 계속해서 즐겁게 연구하며 살아갈 수 있으면 좋겠네요. 이 책을 보는 많은 분들도 좀 더 행복하게 일하며 지냈으면 좋겠습니다.

박문수

　제 글은 스스로 자아정체성을 탐구하기 시작한 이래로 겪은 영화 같은 이야기를 함축적으로 모아 놓은 것입니다. 원래 글을 쓸 때, 아니 말을 할 때에도 함축적으로 말하는 것을 좋아하는 성향이라 이 글을 이해하는 데 어려움을 겪을 수 있습니다. 그러나 이게 제가 의도하고 좋아하는 부분인데요. 이는 마치 예술작품과 같기 때문입니다. 저는 미술관에 가게 되면 작품의 설명보다 저의 직관을 더 중시해서 작품을 대하는 편입니다. 보는 이의 주관을 더 중요하게 생각하는 거죠. 보는 이의 삶과 연결시켜, 앞으로 나아갈 시간에 대해 힘을 보태 줄 수 있는 것처럼요. 제 글도 여러분들의 경험과 직관에 따라 여러 생각을 가지고 오게 했으면 좋겠습니다.

처음 출판사로부터 제안을 받고 이 글을 쓰기 시작했을 때, 심각한 고민을 하지는 않았습니다. 물론 내가 할 수 있을까 하는 주저함도 있었지만 언젠가는 글을 쓰고 싶었고 그게 지금일 수도 있겠다는 미묘한 감정이 글을 쓰게 만들었습니다. 저는 내향적인 성향에 걱정도 많이 하는 편이지만 안 하는 것보단 후회하더라도 행동하는 걸 좋아합니다. 행동해야만 변화가 찾아오기 때문입니다. 일종의 진리처럼 받아들이고 있습니다.

삶을 살다 보면 언젠가 찾아오는 순간들이 있습니다. 그 순간은 과거의 내가 원했던 순간이기도 하고, 그 반대의 경우일 수도 있습니다. 그때 우리는 어떤 행동을 하고 어떻게 받아드려야 좋을까 생각해 봤습니다. 지금의 제가 찾은 답은 단순합니다. 있는 그대로 받아들이고 그저 다음 선택을 하는 것입니다. 선택의 연속이 곧 시간이 되고 삶이 되니까요.

또 이런 생각을 해 봤습니다. 좋은 선택과 나쁜 선택이 있을까? 제 생각은 없다 입니다. 다만 선택에 대한 책임을 분명히 하기만 하면 된다고 생각합니다. 그게 좋을지 안 좋을지는 미래에 알 수 있는 것들인데 우리는 미래를 알 수 없습니다. 현실에 살고 있으니까요.

　이렇듯 삶을 살아가는 일종의 기술들을 배워가는 요즘, 이 글을 쓰게 되어 무척 행복했습니다. 드디어 제가 원하던 순간이 왔다고도 생각했습니다. 도둑처럼 숨어서 적은 글들이 때가 되어 세상과 만나게 되었으니까요. 항상 아직은 준비가 안 되었다고 생각했는데 그건 제 상상일 뿐이었습니다. 준비는 세상이 시켜 주는 것이었습니다. 저는 계속해서 생각하고 행동하며 하루하루를 보낼 것입니다. 그렇게 스스로 일을 만들고 쌓아 가며 세상과 마주하려고요.

　이 책을 읽고 있는 당신의 일은, 하루는 어땠나요? 어떤 템포의 하루였는지 생각해 보는 퇴근길이었으면 합니다. 또한 이 책만은(제 이야기만은) 별도의 생각 없이 의식의 흐름대로, 그리고 각자만의 삶의 속도에 맞추어 읽으셨기를 바랍니다.

　2022년 서울에서.

내일도 일하고 있을 나는,
또 어떤 관문을 지나고 있을까?

일하는 마음과 앓는 마음

초판 1쇄 인쇄 2022년 3월 31일
초판 1쇄 발행 2022년 4월 12일

지은이 임진아 천현우 하완
      김예지 김준 박문수
펴낸이 고미영

책임편집 정선재   펴낸곳 (주)이봄
편집 이은주   출판등록 2014년 7월 6일 제406-2014-000064호
디자인 위앤드(정승현)   주소 10881 경기도 파주시 회동길 455-3
마케팅 채진아 유희수 황승현   전자우편 yibom@yibombook.com
홍보 함유지 함근아 김희숙 정승민 팩스 031-955-8855
제작 강신은 김동욱 임현식   전화 031-8071-8673(마케팅)
제작처 영신사   031-955-9981~3(편집)

ISBN 979-11-90582-59-9 03810

• 이 책의 판권은 지은이와 (주)이봄에 있습니다.
  이 책의 내용의 전부 또는 일부를 재사용하려면 반드시 양측의 서면 동의를 받아야 합니다.
  이봄은 (주)문학동네의 계열사입니다.

• 잘못된 책은 구입하신 곳에서 바꿀 수 있습니다.

🐦ⓕ **springtenten**   📷 **yibom_publishers**